衆智

Collective Wisdom

花开时节

《最风流·醉唐诗》

全新·增订本

李会诗 著

中国人民大学出版社
·北京·

自　序
唐诗的“美”法

在古典文学的星河中，有人不懂宋词，有人未闻元曲，却无人不知唐诗。“熟读唐诗三百首”，是每个学习诗歌的中国人对诗歌最初的认知。但唐诗到底美在哪里呢？什么是所谓的“诗意”呢？

这个，容我想想——

在唐诗里，我遇到的诗人形形色色。

我遇到过多情红颜：“人道海水深，不抵相思半。海水尚有涯，相思渺无畔。”她明知相思无益，却难抑内心深情。

我遇到过风流才子：“岁暮天寒无一事，竹时寺里看梅花。”他将风流之情化为短短诗行。

我还遇到过勇敢的将士：“黄沙百战穿金甲，不破楼兰终不还。”寒风凛冽，边境上响起冲锋的号角；硝烟散尽，却再也带不走战场上的英魂。

当然也有那些绝尘的隐士：“行到水穷处，坐看云起时。”在山水里、田园间，辟半亩地，扎两道篱，清茶淡酒，说佛论道。

我遇见了即将进宫正志得意满的李白，嚷嚷着“仰天大笑出门去，我辈岂是蓬蒿人”；也遇见了忧国忧民、涕泗纵横的杜甫，“生女犹得嫁比邻，生男埋没随百草”。

这些诗人多情而又伤感，梦幻却也真实，他们用诗歌记录下自己的情感、志趣和生活。读了他们的诗，觉得他们的故事时而辛酸，时而幽默，像极了我们的生活。

在唐诗里，我看到诗人的生活简单而又丰盈。

比如聚会：“故人具鸡黍，邀我至田家。”老友相逢，无须客套，山边有绿树，院内有清风，杯中有酒，足够好。

比如相思：“闺中少妇不知愁，春日凝妆上翠楼。忽见陌头杨柳色，悔教夫婿觅封侯。”当初怪他不上进，可他去建功立业，又慨叹不能相守。

比如送别：“莫愁前路无知己，天下谁人不识君。”朋友要远走，可惜无钱买酒，但是不用挂怀。你的襟怀海阔天高，知音不会难求。

比如重逢：“我未成名君未嫁，可能俱是不如人。”年轻时觉得自己如此不凡，再相逢才明白，不过都是在尘世间兜兜转转。

比如孤独：“念天地之悠悠，独怆然而涕下。”

一千多年前的这些诗歌，古老而又沧桑，说的是遥远的旧事，但细想来，其中的爱恨悲欢，都是那么熟悉。他们辗转反侧的感情，耐人寻味的遗憾，都跟今天的我们没有分别。

这样想来，唐诗真是无比美好的。诗人们以自己短短的一生，用凝练的文字，写下穿越千年却依然能够打动我们的诗篇，本身就是神奇的。所以我在写作这本书的时候，尽量增加了些人们喜闻乐见的八卦或鲜为人知的掌故，希望能够将那些忧伤的或者有趣的小故事写出来，以主题的形式呈现一篇篇唐诗解说实录，让读者能更加真实而又全面地感受唐诗的魅力。

在这次穿越之旅中，有春天的江水、夏天的晚风、秋天的清酒、冬天的香茗，诗人们带着唐代的时光、各自的故事、无尽的诗意，走进我们忙碌的生活，诉说那些悠久的传奇，滋润我们的心田。

观花时满心欢喜，读诗后满口留香。

这就是所谓的“诗意”吧。

目　录

诗酒话风流

唐诗的刺青
另类诗风的逆袭
居家旅行之必备佳品
花式炒作的先驱们
杯酒尚满，离歌不散
故乡与远方

唐诗的刺青

古代酒楼没有霓虹闪烁，也不挂木质牌子，只在门外挂面酒旗，酒楼也因此被唤作“旗亭”。在通信不发达的年代，酒楼是送往迎来的驿站，也是八方资讯的集散地。人们从这里启程，到这里送别，在这里饮酒，来这里休憩。唐人亦不例外，他们在酒楼畅饮，也在此畅谈。

开元年间的某天，冷风呼啸，雪花纷纷，酒旗随风飘摆，三位好友相约到酒楼饮酒，畅聊他们的共同爱好——诗歌。当是时，许是风大雪紧，忽然进来一群歌女，她们青春正盛，姿容美艳，原来是到此聚会饮宴。

时人不知，一则唐代最有名的赛诗故事即将上演。

先说此三位好友，乃是唐代著名诗人王昌龄、高适、王之涣。诗歌是他们共同的爱好与话题，风雪间，小酌相聚，谈笑风生，甚是开怀。恰逢歌女献唱，三人顿时来了雅兴。于是互相打赌："我们几个人平素都自觉颇负诗名，但始终难分高下，今日不妨较量一番。我们在这里暗中观察，看这群歌女唱谁的诗作多，就说明谁的诗更好，更受喜欢。"

唐诗在唐代是可以演唱的，诗作本身可以作为乐曲的歌词来欣赏。按唐代风俗，歌女们一般演唱的是五言或七言的唐诗，所以三位诗人彼此默认，能据此看出诗作的接受度与流行度。

不一会儿，有位歌女起身唱道：

寒雨连江夜入吴，平明送客楚山孤。

洛阳亲友如相问，一片冰心在玉壶。

王昌龄《芙蓉楼送辛渐》

这首诗不像普通"送别诗"那样极力渲染离情的苦楚，而是采用"寒雨""孤山"来烘托自己的孤独。诗人并不直说自己思念朋友，却想象着亲友对自己的思念和问候，于是叮嘱：假如洛阳亲友问起我的近况，一定要告诉他们，我的心依然像冰一样纯净，像玉一样高贵。言外之意，并没有受到世俗生活的污染。用

“怀冰抱玉”来映衬自己高洁的志向，不但给人留下深刻的印象，也暗藏了语言的妙用，确是上乘之作。

王昌龄一听有人唱了自己的作品，非常高兴，用手在墙上画了道记号：“一首了啊！”

过了一会儿，又有一个歌女站起来唱：“开箧泪沾臆，见君前日书。夜台今寂寞，独是子云居。”正是高适悼念友人的作品五言诗《哭单父梁九少府》中的前四句。高适听到自己的作品被吟唱，也高兴地在墙上画了一道：“也有我一首了！”

接着，第三个歌女起身又唱了一首王昌龄《长信秋词》的四句：“金井梧桐秋叶黄，珠帘不卷夜来霜。熏笼玉枕无颜色，卧听南宫清漏长。”王昌龄激动不已，赶紧又画一道：“我，两首了啊！”

王之涣这个时候有些郁闷，自负诗名甚盛，怎么这些歌女竟然都不唱自己的作品呢？王之涣觉得面子上有些过不去，他看看歌女，转头对高适和王昌龄说：“你们不要高兴得太早，这几个歌女唱的都是下里巴人的歌词。你们看那个，最漂亮的歌女不是还没有开口唱吗？等她开唱，如果还唱你们的，我就甘拜下风，再也不与你们争长论短。她要是唱我的，你们就得拜我为师。”

话音未落，王之涣刚提到的那位最漂亮的歌女便盈盈起身，她头梳双髻，朱唇轻启：

黄河远上白云间，一片孤城万仞山。

羌笛何须怨杨柳，春风不度玉门关。

王之涣《凉州词》

这首《凉州词》虽是怀乡曲，却无半点凄切之音，反而写得慷慨激荡，雄浑悲壮！“黄河远上白云间”开篇起笔不凡，奔涌磅礴的气势，逆流而进的气魄，一座孤城巍然屹立在群山中。羌笛悠悠，传来的是《折杨柳》的曲调。战士戍边在苦寒之地，春风不入，思乡情浓。虽有冷峭孤寂之感，却无颓废消极之象。此诗将盛唐人的心态和风貌流畅自如地倾泻在笔端，在唐代便广为流传。

诗人们正自逗趣，发现歌女果然唱了王之涣的诗，禁不住抚掌大笑。歌女们不明就里，赶忙过来询问大人们在笑什么。三人高兴地说：“你们唱的都是我们写的诗！”歌女们一听，有眼不识泰山，赶紧纷纷施礼，邀请诗人们一起去喝酒。大家又是作诗又是吟唱，诗酒欢宴，留下了一段佳话。这就是著名的“旗亭画壁”的故事。

所谓“画壁”就是指三位诗人用手指在墙上画记号的事。可见，唐代诗人还是很重视自己作品的接受度的。因为你的诗普及程度越高，流行范围越广，接受人群越大，你的名气也就越大，喜欢读你诗作的人就越多，某种程度上，这也是一种良性的循环。不过，诗作流传最广的，倒并非上述三位。

要说唐代最受欢迎的诗人，恐怕非白居易莫属。白居易被贬江州后，曾给好友元稹写信，他说："这一路从长安到江州，三四千里的路程，遇到了许多的客栈和酒楼。墙上、柱上、船上，到处都有我的诗；男女老少都能够背诵我的诗。"可见白居易的诗有着最广泛的群众基础。而在众多白居易的发烧友中，有一个人最为奇特，他对白居易的崇拜有种魔性的疯狂。

笔记小说《酉阳杂俎》中有所记载，白居易的这位骨灰级发烧友，名叫葛清。现代人为了买签名书，看首映场电影，听演唱会，能够忍三伏耐三九，不畏酷暑严寒，为自己偶像的一举一动摇旗呐喊，偶像之一颦一笑都令其心醉神迷，呈现出迷之疯狂的状态。但这些，跟葛清比起来实在是"小巫见大巫"。

葛清对白居易的痴迷简直到了令人瞠目结舌的程度，他做了普通粉丝无法承受的事情——文身。古人讲究"身体发肤，受之父母，不敢毁伤"，但葛清为了白居易，居然跑去文身刻字。他全身刺字，前胸后背，手臂大腿，一共文了白居易三十多首诗，几乎到了体无完肤的程度。

不仅如此，他对这些诗的位置还特别熟悉，别人问起白居易的哪句诗，他随手一指自己的前胸后背："你说的诗就在这里。"别人一瞧，果然是他指的地方。他就这样背着满身的诗歌走来走去，很像一块流动的诗板，因此被大家誉为"白舍人行诗图"。根据葛清的行为推测，可能他的父母妻儿都是白居易的粉丝，所以才能理解他的行为逻辑与思想状态。虽然葛清的行为略显过激，但还是从侧面反映了唐人对唐诗的喜爱和对诗人的崇拜。

当然，无论是浪漫的画壁，还是惊人的文身，都是历史风尘无法淹没的精彩，犹如唐诗两道精彩的刺青：一面勾勒出写诗的动力，一面刻画出读诗的癫狂。或许正是因了这份对诗歌空前绝后的推崇，才有了唐诗日臻完美的发展和绵延至今的可能。

另类诗风的逆袭

唐诗自诞生起，就以“前无古人后无来者”的姿态照亮了两千年的诗坛，给后人带来无尽的精神财富的同时，也带来了创作压力。

首先，唐诗内容广泛，几乎涵盖了后人所能想到并渴望看到的全部唐代生活图景。从宫廷贵族、士子大夫到底层劳动人民，从宏大的历史谜团到细碎的日常琐事，生活的疾苦、仕途的坎坷、个性的张扬、婚恋的解放，所有唐代生活的风采与颓败，都被唐诗兼收并蓄，慢慢运化成精神的养分，默默吐露出千年的芬芳。同时，唐诗风格多样，兼具各种气质与美感。李白的天马行空，杜甫的沉郁顿挫，王维的恬淡悠然，高适的雄浑豪放，陈子昂的孤独与悲怆，李商隐的朦胧而梦幻……唐诗如光彩的琉璃球，万千色彩，百味人生，尽在其间。这无疑为后继者带来了创作的压力。就连北宋文学大家王安石都常常感叹写诗时无处下笔，“世间好语言，尽被老杜道尽”，“世间俗语言，尽被乐天道尽”。世界上雅致的语句都被杜甫写尽了，通俗的词句也被白居易讲完了。所以一提笔，就觉得自己的话是多余的。因为每种经历和感受在唐诗里都有描写，每种风格和特征在唐诗中都有体现，所以，想要在此中寻求突破，甚至独树一帜，实在是常人所不能为。

然而，世事难料！

在唐诗严谨齐整的矩阵中，在诗人们苦心钻研时，一匹“黑马”凭借自己独一无二的诗歌气质，在中国诗史上脱颖而出。也许有人不知道他的姓名或来历，但几乎所有人都知道他那首著名的《咏雪》：

江山一笼统，井上黑窟窿。

黄狗身上白，白狗身上肿。

这首《咏雪》，通篇不着一个“雪”字，却将雪落大地带给人的视觉误差写得明白无二。先取全景，下雪的时候整个世界白茫茫一片，千里江山看起来都是一般模样。然后特写一口井，因为下雪时雪都落到井里了，所以这口井就变成洁白世界里醒目的黑窟窿。接着写静态世界的动态生物，黄狗因身上的落雪而变成白狗，白狗因雪落在身上而看起来肥胖了许多。整首诗用词简单，接近口语，但在构思上还算花了点心思。不过，虽然《咏雪》是作者最广为人知的一首诗，但真正将这类诗变成一种“品牌”并为大家所了解的，却是另外一首。

传说，那年冬天，有位官员到宗祠祭拜，发现大殿雪白的墙壁上写着一首“歪诗”：

六出九天雪飘飘，恰似玉女下琼瑶。

有朝一日天晴了，使扫帚的使扫帚，使锹的使锹。

这位官爷登时发怒，祭祀乃严肃之事，哪个人如此胆大敢在宗庙上写这种乱七八糟的歪诗，也不怕祖宗笑话！他立刻下令：“去把写诗的人缉拿于此，本官要亲自审问！”身边的师爷不慌不忙地站出来：“大人不用找了，除了张打油，谁会写这种诗啊！”

等张打油被带来听了大人一番训斥后，他摇头晃脑拒不承认。他辩解道：“大人，我是喜欢胡诌，可也不至于写出这么烂的诗啊！”师爷在旁边一个劲儿给官爷递眼色。官爷点点头：“好，你说不是你写的，那我考考你。现如今安禄山兵变，围困南阳，你以此为题来作一首诗。”

张打油略略一想，便清了清嗓子，“百万贼兵困南阳”！大人一听，点点头，捻须微笑，好，开局气势非凡！张打油得意地继续吟道，“也无援救也无粮”。官爷一皱眉，这诗怎么转折得如此怪异，但想想也算勉强可以接受，于是请他继续念。

恐怕连张打油自己也没有料到，这一刻的戏剧性转折将他的作品带到“传唱千古”的地步。纵观诗史，无数诗人为写出深具个性风格的诗作，绞尽脑汁，耗费毕生心血。清代乾隆皇帝一生笔耕不辍，高产了几万首诗，可惜至今无一首流传。而此时，这位缺乏专业诗歌素养，也毫无高深文化造诣，甚至连明确身份都弄不清楚的张打油，竟然在唐代别立新宗，开天辟地，独创了一种对后世影响深远的诗风，实在不得不令人感慨。所谓“有心栽花花不发，无心插柳柳成荫”大概就是这个意思吧。

张打油胸有成竹，继续念给在场的人听：

百万贼兵困南阳，也无援救也无粮。
有朝一日城破了，哭爹的哭爹，哭娘的哭娘！

全场哄堂大笑！

这“哭爹哭娘”和“使扫帚使锹”无论是精神实质还是语言

风格，简直如出一辙，深深凸显出“张打油”的味道。在这场令人啼笑皆非的闹剧中，张打油成为最大的获益者。此后他威名远扬，被后世尊为中国“打油诗”的鼻祖。

很多人听到“打油诗”这个名词，总觉得这一定是内容粗俗、语言俚俗、不分平仄、难入大雅的歪诗，但仔细看，也不尽然。一般说来，“打油诗”的首句写得都不错，有时不但不俗，而且还很有气势。就连张打油的“江山一笼统”“百万贼兵困南阳”，也是颇有力量的句子。可惜的是，张打油力有不逮，这种劲道和能力没办法持续在诗中留存，所以常常上一句还气贯长虹，下一句就萎靡不振。整首诗语意虽然还算顺承，但意境早已江河日下，截然不同。仿佛上身穿了件笔挺的深色西装，下身却配了条花花绿绿的沙滩裤，在极不搭配中，显出其风趣搞怪的一面。这份轻松幽默的“山寨感”，也为一向严肃认真的诗歌发展，注入蓬勃旺盛的活力。

打油诗的序幕从此拉开，后世无数文人墨客相继加入这一诗歌游戏中，其影响至今不衰。比如唐寅的《除夕口占》：

柴米油盐酱醋茶，般般都在别人家。
岁暮天寒无一事，竹时寺里看梅花。

此诗看似平淡，却点出日常生活七件事：柴米油盐酱醋茶。在本应忙碌热闹的除夕，唐寅却说自己岁末无事，闲看梅花。这里既有不与人同的清雅，也有对坎坷生活的自嘲，虽平白如水，却很有韵味。

再如郑板桥的《赠小偷》。据说有一次郑板桥家夜里来了小偷，郑板桥听到声音后，便念了一首打油诗：

细雨蒙蒙夜沉沉，梁上君子进我门。
腹内诗书存千卷，床头金银无半文。

念完此诗后，小偷为郑板桥的才华所折服，转身羞愧离开。

另有现代文学家鲁迅先生也曾写过拟古打油诗《我的失恋》："爱人赠我百蝶巾；回她什么：猫头鹰。从此翻脸不理我，不知何故兮使我心惊。"用幽默反讽的口吻，既讽刺了恋人的所谓风雅，又写出了不解风情的尴尬，读来活泼可爱，妙趣横生。

周作人先生曾说："思想文艺上的旁门往往比正统更有意思，因为更有勇气和生命。"这句话用来总结打油诗似乎再合适不过。

正是这种令人捧腹的诗风，别出心裁的歪诗，为万花齐放的唐诗带来了活泼轻松的色彩。而张打油那勤奋作诗、积极主动冒充诗人的勇气，正是唐诗在当年深入生活、深入人心的充分显现。这种怪口味唐诗不但没被时人打压，反而流传后世，这也在一定程度上体现了唐诗的宽厚与包容。

张打油出现在唐朝中期，相传是位农民，也有传是城里的木匠。还有人说，其实是一位姓张的诗人在打酱油的路上创作的这类诗歌，后被人误传，以为他本名就是张打油。凡此种种，不管后人如何考据评论，在“打油”的路上，张诗人可说是曾经，始终，并永远独领风骚的那一位。

居家旅行之必备佳品

唐诗能够在唐代成为一种文化潮流，得到诸多追捧与喜爱，与全社会自上而下的提倡关系密切。“楚王好细腰，宫中多饿死。”皇帝的喜好从来都是流行的风向标。唐太宗李世民就曾写诗送给重臣。

李世民早年生活几乎都是在刀光剑影中穿行，在血腥夺权中险胜，所以对曾毫不犹豫地站在他身旁的臣子，极其信任和器重。同甘共苦的战争生活是对勇气与智慧的双重考验。

疾风知劲草，板荡识诚臣。

勇夫安识义，智者必怀仁。

李世民《赐萧瑀》

李世民的这首诗是送给萧瑀的。萧瑀虽为前朝皇室宗亲，但对唐朝尽心尽力。不过萧瑀性格耿直，屡次与李世民发生冲突，一生被多次罢相。但又因忠诚刚正，不徇私情，几次都被重新起用，深得李世民赏识。

这首赐诗的大意是：只有在猛烈的狂风中，才知道哪一种草是吹不完折不断的；只有在乱世之中，才能分辨出谁是真正的忠臣。一介武夫怎么能够明白道义与原则，唯有智者才能始终怀有仁义之心。李世民戎马一生，深知唯有身处逆境时，仍能雪中送炭之人，才算真朋友。其中“疾风知劲草，板荡识诚臣”两句最为著名，也算是李世民对自身经历的智慧总结。

作为一国之君，李世民能够用诗作为表达感情的礼物赠给臣子，说明诗歌在唐初就已经是一种文化趋势了。不但知识分子喜欢写诗来抒发感情，连皇帝也加入写诗的队伍。其实不仅是皇帝，从太宗时的长孙皇后、徐惠妃，到女皇武则天，再到玄宗时的梅妃江采萍，很多后妃都有诗作传世，可谓才女如云。不仅如此，由于权贵阶层的热衷引导，普通百姓的诗情也极其高涨。人人都以写诗为乐趣，人人都以懂诗为尊荣。写诗与读诗，几乎变成了人们喜闻乐见的一种生活方式。

垂髫少年写童年趣事“白毛浮绿水，红掌拨清波”。耄耋者写回乡慨叹“少小离家老大回，乡音无改鬓毛衰”。半文盲见雪生情“江山一笼统，井上黑窟窿”。农村妇人也抱怨生活穷苦“蓬鬓荆钗世所稀，布裙犹是嫁时衣”……放眼望去，整个社会都沉浸在诗歌的海洋中，凡能入眼的景物都能入诗，凡所经历的事情皆能入诗，所有人都不自觉地将爱好转移到诗歌上来。哪怕不会写诗的人，对诗歌也是充满了由衷的热爱，甚至连拦路抢劫的人都来凑这份热闹。诗人李涉就曾遭遇过这样一场特殊的“抢劫”。

那晚船遇大风，舟停岸边，诗人李涉和书童提心吊胆地走在荒村的绵绵细雨中。月黑风高夜，杀人放火时。这种前不着村后不着店的地方最容易遭遇不测，主仆二人匆匆赶路，准备找客栈投宿。突然，眼前冲过来一个人拦住去路，说了些拦路抢劫的黑话，大意可能类似“留下钱保住命”等。正在主仆二人吓得抖成一团时，劫匪看他们穿着不俗，忽然问了句：“你们是什么人？”书童回说：“这是李涉先生。”

李涉是中唐时期著名的诗人，强盗一听非常高兴：“我知道先生是有名的诗人，久仰大名，如雷贯耳。这样吧，钱我也不抢了，您写首诗送给我吧。”李涉一看，情况险恶，不敢不写啊。于是沉吟片刻，当即写诗送给强盗：

暮雨潇潇江上村，绿林豪客夜知闻。

他时不用逃名姓，世上如今半是君。

李涉《井栏砂宿遇夜客》

夜色沉静，暮雨潇潇，村庄荒凉。李涉脑海中闪动着前因后果诸多事情与所有可能，虽面不改色，但为了构思这“保命诗”也算绞尽脑汁。

先说题目，“井栏砂”是地名，“夜客”乃强盗的文雅称呼，短短几个字，明确点出了时间地点人物。再看诗作，说自己夜雨孤村中遇到了一位“豪客”。“绿林豪客”是什么身份大家都知道，这实际暗示了李涉诗的普及率很高，受到了社会各阶层人士的喜爱，所以，这位“大侠”也知道李涉的名字。

后两句写的就更费心机了。李涉暗想，这诗被强盗拿去后，他如果不高兴或者怕我们揭发他，说不定就把我们主仆二人给杀了。所以李涉在这两句里安慰了强盗，他说：啊，你不用害怕别人知道你的名字，现在世道这么乱，像你这样的人多得很。言外之意是，我肯定不会报官的，这事儿我就当没发生过一样！

强盗一听甚是满意，觉得至少不用杀人灭口了，当下安心。想想能拿到李涉的一首诗，强盗的心情颇不宁静，觉得无以为报，就顺手送了李涉很多礼物。就这样，李涉凭借一首诗，不但奇迹般地在劫匪面前平安脱险，而且还收获了不少物资做旅费，实在称得上古今一大奇谈。

一般说来，强盗的目的是劫财劫色，这位中唐的“豪客”却只劫了首诗。说劫诗也不太恰当，因为他还送了李涉很多礼物，不但没抢劫成功，反而赔了不少钱，实在有违“职业操守”。当然，这令人啼笑皆非的“事故”也能一定程度反映出，唐人对诗人和诗歌的重视程度相当之高，整个社会都弥漫着崇尚诗歌的风气，连山贼草寇都在附庸风雅地推崇诗歌。

从皇帝馈赠重臣，到劫匪索要诗作，唐诗简直成了唐代馈赠亲友、结交陌路的最佳礼品。写得一手好诗好文，更是文人谈情说爱、升官发财的必备技能。可以说，唐诗在唐朝俨然是一种时髦的文化潮流，几乎所有人都走在写诗或读诗的道路上。与其他时代的主流文体比，诗歌短小精悍，韵律简洁齐整，更便于人们的理解与接受，也更利于人们的掌握和诗歌的普及。

所以，闻一多先生曾指出：“人家都说是‘唐诗’，我偏要倒过来说是‘诗唐’。”这话倒颇有理，因为唐代的最大特色就是诗歌，那是一个全民狂欢的“诗歌的朝代”，也是一片万众瞩目的“诗歌的海洋”。

花式炒作的先驱们

互联网时代的人们都知道“流量”的重要。为了博取关注，吸引粉丝，增加曝光度，从而提升名气和价值，很多人不惜以各种方式进行炒作，好让自己登上热搜排行榜。但“炒作”一事并不新鲜，古已有之，而唐代诗人尤甚，他们的炒作方式简直可说是花样繁多、收益巨大。

先说鼎鼎大名的诗人陈子昂。陈子昂的经历很有意思，他是先学武，因无意伤人，而后弃武学文。十八岁左右开始读书，几年工夫便学涉百家。陈子昂自负有经天纬地之才，但两次科举都没有考中。第二次落第后，陈子昂很失落，于是开始寻找机遇。

有一天，他在长安城闲逛，看到集市上有个人正在卖胡琴，索价上百万，很多有钱人在围观，但因为太贵，无人问津。陈子昂一看，计上心来。“这琴我买了。”围观群众一看，纷纷表示惊诧，真有人出高价买一把琴？陈子昂买了琴还不走，站在那儿派发口头邀请函：“我擅长抚琴，所以看这把琴非常好就买下了！你们明天都来宣阳里，我组织个宴会，亲自为大家抚琴！”大家一听，好啊，这个热闹可没白看，于是纷纷邀约第二天组团去听“陈子昂演奏会”。

消息在长安城里很快扩散开，第二天到场围观的人层层叠叠，将院子围了个严严实实，密不透风，比前一天集市上看热闹的人还多上几倍。陈子昂一看人来得差不多了，捧着前一天买的琴感慨道：“我是蜀人，名陈子昂，腹有经纶，作百卷诗文而不为人知。至于抚琴，这是乐工的事，我岂能在意这些？！”陈子昂说完，把胡琴往地上一摔，摔了个粉碎。这下人群就炸开了，这么贵的琴陈子昂说摔就摔了，这人视金钱如浮云啊！陈子昂看群众情绪激动，知道时机成熟，于是拿出早就抄好的自己的诗文散发给在场的来宾。随后，陈子昂的诗就指数级扩散，被京兆司功王适给读到了。王适看了之后不住惊叹：“此人以后是海内文宗啊！”由此，陈子昂爆得大名，再去考试，就进士及第了。

为什么唐代诗人那么在乎曝光度呢？简言之，因为唐人有“行卷”之风。在没考试之前，大家纷纷将自己的诗文送到名流贵胄家去，如果那些有地位的人能够欣赏你的诗文，就会推荐你，那么你考试就会很顺利。也就是说，要么你自己本身就是大诗人，即所谓的“自带流量”，要么你得有“名人推荐”，不然就很难考上进士。所以，陈子昂的摔琴，实在是一次非常完美的自我推销。

当然，每个诗人所处的时代和地位不同，对事业和生活的期待也不同。但相同的是，他们都需要关注，渴望被发现、被关注、被重用。比如李白，他非常有政治抱负，但始终没有机会施展自己的才能，所以他也在寻求这样的机会，只是采用的方法不一样。

如果说陈子昂的摔琴是烈性营销，那么李白的隐居就属于柔性“炒作”。

中国文人素有隐居的传统，从陶渊明到白居易，从王维到林逋，隐居的名士非常多，有的因为官场失势，有的因为厌恶世俗，有的单纯因为志趣爱好，什么情况都有。有的“半官半隐”，像白居易，他自有一番说辞。“大隐在朝堂，小隐在山林。”尘外太寂寞，做官太喧嚣，所以他选择“中隐”，三品闲职，从容优雅，在疲于红尘和荣华富贵间找个惬意的平衡。像北宋的林逋，梅妻鹤子，一辈子不踏入仕途，对政治生活完全不感兴趣。不管怎么说，隐居本来应该是件低调的事。

但唐代的隐居和其他朝代略有不同。唐人隐居不是为了摆脱名利的烦恼，相反，隐居常常是他们通往名利的捷径。始作俑者是唐代的卢藏用，他想做官但苦无门路，于是跑去终南山隐居。随后人们口耳相传，说终南山住着一位很厉害的人。越传名声越大，越传此人越神乎其神。很快，皇帝得知此事，接着卢藏用就被召回做官，并由此传下来一个成语——终南捷径。后人纷纷效仿，连李白都活学活用了这一方法，并努力将其发扬光大！

莫砺锋教授曾对此有过论述，他说："李白一生隐居过很多山，足迹遍布东南西北。陕西的终南山，河南的嵩山，山东的徂徕山，江西的庐山都曾是李白隐居的地方。隐居本来是件安安静静修炼身心的事情，为什么要天南地北地来回折腾呢？因为他的目的并不在于隐居，而在于隐居背后带来的关注。"

李白在每个地方隐居时间都很短，隐居一阵子就换一座山，用现在时髦的语言来说，李白的隐居完全就是在"刷存在感"。等到玄宗终于发现这位人才并下诏请他入京的时候，李白高高兴兴就放弃了隐居生活，欢天喜地地跑去当官了，还顺手写了首诗表达自己激动的心情。

白酒新熟山中归，黄鸡啄黍秋正肥。
呼童烹鸡酌白酒，儿女嬉笑牵人衣。
高歌取醉欲自慰，起舞落日争光辉。
游说万乘苦不早，著鞭跨马涉远道。
会稽愚妇轻买臣，余亦辞家西入秦。
仰天大笑出门去，我辈岂是蓬蒿人。

李白《南陵别儿童入京》

李白作此诗时，已四十二岁，但诗中表现的全然是其率真的性格，喜悦的心境，丝毫没有中年万事休的伤感与疲沓。烹鸡、斟酒，儿女牵衣欢闹，完全是一派欢快的场景。高歌痛饮，舞剑争辉，扬鞭策马，唯恐自己抵京不够早，上任不够快。李白心花怒放之际，又想起汉时的朱买臣，不得志时曾遭妻子嫌弃。后来汉武帝赏识朱买臣，封他做了会稽太守！言外之意，那些曾轻视我李白的人，都和会稽愚妇一样。你们没想到吧，我李白今天也要辞别家乡入长安做官去了！

整首诗表面上描写的是秋收的欢乐，实则句句写的是自己的志得意满：“仰天大笑出门去，我辈岂是蓬蒿人。”最后两句感情尤其饱满，仰面朝天的姿态，纵声大笑的豪爽，我李白又怎么会是久居草野之辈？那种自信爆棚的感觉被表达得淋漓尽致。虽然后来的事实证明了此时的李白高兴得为时过早，玄宗召他入京不过是当作太平盛世的点缀，并非委以重任，但从李白的经历看，彼时的李白舒心畅快到无以名状的程度。从天南地北高调隐居的目的看，他总算达成所愿了。

其实不只是李白，像王维、孟浩然等许多唐代诗人都曾或长或短地隐居过，并在隐居时期与政坛保持着千丝万缕的联系。可以说，唐人的隐居不过是他们获得功名的终南捷径，也是他们炒作声名的扩音器。

但唐人的自荐手法不尽相同，初唐的陈子昂家境富足，故选摔琴。李白性喜游侠，则用隐居。还有中晚唐的一位诗人贾岛，他选择了操作难度较高的“偶遇”。

贾岛少时贫寒，落发为僧。有一天，他去寻访友人李凝，山路崎岖，草径荒芜，到朋友家时，已夜深人静。他叩门的声音惊动了树上的鸟儿，忽然触发了他创作的灵感。友人虽然不在家，贾岛却酝酿出一首代表作，就是《题李凝幽居》：

闲居少邻并，草径入荒园。
鸟宿池边树，僧敲月下门。
过桥分野色，移石动云根。
暂去还来此，幽期不负言。

贾岛写完这首诗之后，骑着毛驴就回长安了。这位诗人平素爱诗，行住坐卧都想着怎么写诗，所以无意似有意，不知不觉地就冲撞了京兆尹的仪仗队。

京兆尹是当时首都地区的最高行政长官，相当于现在的北京市市长。按说仪仗队上街浩浩荡荡，百姓肯定是离得远远的，偏偏贾岛他“不知不觉”地就“恰巧”跟队伍撞上了。官兵押着贾岛去见长官，长官要问清楚缘由。贾岛就解释说：我得了一句诗“鸟宿池边树，僧推/敲月下门”。我琢磨不知道是用“推”好还是用“敲”好，所以不小心冲撞了大人！

大人能怪罪吗？不能啊！唐人上至皇帝宰相，下至强盗土匪，全民爱诗，对诗人非常敬重。尤其这位京兆尹大人，乃是鼎鼎大名的韩愈，既是唐代的政治家，也是名垂千古的一代文豪！韩愈看这个年轻人如此好学，并不怪罪贾岛。沉吟片刻，还给了贾岛明确的答复——用“敲”字比较好。于是，“推敲”这个词就应运而生了。此后，因为韩愈的赏识，贾岛不但还了俗，还走上了仕途。这一番“偶遇”当真划算呢！

从陈子昂到李白再到贾岛，唐代诗人们对自己的花式炒作可谓费尽心机。陈子昂摔琴爆得大名，李白隐居终得天子召见，贾岛误撞京兆尹得以还俗入仕，每个人都从心所愿，收获了巨大的声名和利益。可见在唐代的时候，炒作就已经是一门不小的学问。

不过，在谈论前人运气的时候，似乎也不应忘记他们的实力。李白自不必说，陈子昂和贾岛的诗也都极具个人风格。所谓实至名归，说的就是，当实力足够强大时，机遇总有眷顾你的时候。若实在没有机会，就自己去制造一个！

杯酒尚满，离歌不散

古人生活虽不及现代便捷，但似乎更有味道，哪怕只是一场旅行，一次别离，也被渲染得满是忧愁和诗意。一是因为信息交互慢，既没有视频电话，也没有社交软件，除了缓慢而滞后的书信往来，基本很难获取彼此的消息。二是因为交通不方便，千里迢迢，翻山越岭，真不知何年何月才能再相见。所以，每到一处，无论是相聚还是别离，大家都非常珍惜。因为此地一别，恐难再见。所以，离别总带来一些伤感。

关于离愁别绪的诗，唐人写得很多，当然最著名的就是王维的那首《送元二使安西》。

渭城朝雨浥轻尘，客舍青青柳色新。

劝君更尽一杯酒，西出阳关无故人。

这首诗描写的是离别的场景，因为写于渭城，故又名《渭城曲》。

诗作开篇即点出地点、时间和环境。渭城清晨的雨下得不大，刚刚润湿了地面的尘土。驿馆前的杨柳也被朝雨洗得更加翠绿。诗人诚挚地劝朋友再饮一杯离别的美酒，因为等朋友向西出了阳关后，就很难再遇到故友了。临别之际，千言万语涌上心头，又不知从何说起，此时无声胜有声，就让这复杂的感情都融在这杯酒中吧。

这首诗描写的本是最普通的离别：渭城的早晨，雨后清新的空气，翠新的柳色，即将远行的友人。盛唐时，出使西域虽难免跋涉之苦，但也不失为颇有意义的壮举。所以，此诗虽是寻常离别场景，但言浅而情深，余味隽永，不但没有迟滞的苦楚，反而透着丝丝清新的气息，在一众离别诗中脱颖而出。

当然，这首《送元二使安西》最美妙之处还在于，几乎涵盖了唐代送别时的所有诗情画意。唐人送别，一是柳，二是酒，三是歌与乐。

折柳赠别一直是古典文学的传统，因为柳的谐音是“留”，所以意在挽留即将远行的人。颇有每逢“杨柳”，便是离别时刻之意。“杨柳东风树，青青夹御河。近来攀折苦，应为别离多。”（王之涣《送别》）“年去岁来，应折柔条过千尺。”（周邦彦《兰陵王·柳》）说的都是这个文学传统。

唐人送别的第二个仪式就是饮酒。

风吹柳花满店香，吴姬压酒劝客尝。
金陵子弟来相送，欲行不行各尽觞。
请君试问东流水，别意与之谁短长？

李白《金陵酒肆留别》

都知道李白是酒神，喜欢用喝酒来表达自己的感情。清酒、浊酒、烈酒，得意或失意的酒，忧愁或喜悦的酒，在李白的嘴里都能喝出不一样的味道。虽然离别在普通人眼里是令人伤感的，但李白依然能喝出自己的狂放。

风吹起柳花，酒店里满屋飘起了清香。店中的侍女榨取新酿的美酒，捧来请大家尽情品尝。李白性格豪爽，仗义疏财，所以朋友不少。金陵城中许多年轻的朋友纷纷赶来为他送行。李白与朋友们频频举杯，在欲走还留之间，喝尽美酒，吞饮各自的悲欢。此时，酒楼外江水滚滚，李白感慨万千："请你们问问这东流之水，和我们绵绵的离情相比，谁更短来孰更长？"

此诗构思巧妙，感情丰沛。本应惆怅的离别，被李白写得颇为豪放，甚至含着奔涌的快乐，这份风流潇洒的性格非普通诗人所能及。若说王维的"劝君更尽一杯酒"里有着细腻的平静，那么李白的"各尽觞"中便透着痛饮的欢乐。

除了喝酒，李白另一首送别名篇则写到了唐人送别的第三个要素：踏歌。"李白乘舟将欲行，忽闻岸上踏歌声。桃花潭水深千尺，不及汪伦送我情。"(《赠汪伦》) 李白说，我登上小船刚要启程时，忽然听到岸上传来了阵阵歌声。桃花潭的水有千尺之深呢，但依旧不如汪伦对我的深情厚谊。这里的"踏歌"说的就是唐代民间流行的一种唱歌的方式，边唱歌边用脚踏地，踩出相应的拍子。

李白在游览桃花潭的时候，经常去汪伦家做客，汪伦也常用家酿美酒款待李白，所以二人相交愉悦。等李白临走的时候，汪伦就带着村民来为他"踏歌送行"。李白非常感动，写了这首诗送给汪伦。村民们为了纪念李白，在桃花潭岸边修建了著名的"踏歌岸阁"。至今，那里仍是旅游胜地，游人如梭。

当然，无论是折柳送别还是踏歌畅饮，都只是送别的形式，而各种形式之间有时也会进行不同的组合。比如《金陵酒肆留别》是饮酒，《赠汪伦》是踏歌，有时候则既唱歌又饮酒。

劳歌一曲解行舟，红叶青山水急流。
日暮酒醒人已远，满天风雨下西楼。

许浑《谢亭送别》

许浑说，唱罢送别的歌，朋友也要解舟远行了。青山、红叶，还有湍急的流水，一波波，激起无限深情。送别时喝到微醺，朋友走后，自己迷迷糊糊地睡着了。等到酒醒时分，太阳已经落山，朋友已经远去。放眼山河，多生惆怅。满天风雨笼罩下，只有我独自一人走下西楼。在日暮风雨里，徘徊出一段孤寂与忧愁。

而其中的“劳歌一曲”讲的正是送别时唱歌的习俗。

唐人并非不懂离别的苦楚，此后山高路远，道阻且长，经年累月，实不知何时才能重逢。但唐代诗人们似乎不愿意将这样的惆怅带给朋友，他们愿意用更积极乐观的态度面对离别。“与君离别意，同是宦游人。海内存知已，天涯若比邻。”这样的洒脱似乎只有唐代才有。

诚然，分别的刹那，伤感落泪皆为人之常情，但能够控制自己的感情，引而不发，哀而不伤，潇洒地道声珍重，将杯中酒、酒中情凝结成优美的诗作，传开去，唱起来，则更为难得。

清晨、日暮，长亭、古道，酒楼、江畔，诗人们用自己的诗篇、美酒和歌声，装点了一场场送别的盛宴。

那么，在送别的时候，人们一般会唱什么歌呢？

是的，通常说来，便是开篇提及的王维那首《送元二使安西》。因为这首诗里有送别的柳，有斟满的酒，还有“不散的离歌”。

渭城朝雨浥轻尘，客舍青青柳色新。
劝君更尽一杯酒，西出阳关无故人。

王维此诗一出，人们争相吟诵。乐人便将此诗谱曲，名为《阳关曲》(亦叫《渭城曲》)。此后，这首诗便成为唐人传唱最久、流传最广的离歌。据宋代苏轼记载，因该诗只有四句，所以在唱这支歌时，从第二句开始，每唱一句，便会叠唱此句，是为《阳关三叠》。

而今，思及那遥远的《阳关三叠》，在别离的路口，那道不清诉不完也唱不尽的离愁别绪，无限关怀无限情，似乎又在清晨的雨后飘散开。那歌，那酒，那柳，当真浪漫至极！

故乡与远方

“露从今夜白，月是故乡明。”杜甫这句诗自唐代起，已变成中国文化的内在涵养，变成人们心田里世代流淌的精神传承。望月思乡，不仅是时空的距离，也是贯穿古今的内在情思。

“故乡”是一个模糊而又清晰的存在，到底什么才最能代表故乡，恐怕谁也说不清。同姓宗族构成的村落，共同奔跑过的土地，门前那棵粗壮的古树，上学途经的那条溪流，伙伴们郊游的某个春天，恋爱时约会过的一位姑娘……故乡是生命开始的起点，也是未来岁月永远抹不去的印痕。即便两个素不相识的人碰面，如果他们来自同一个地方，那么乡音乡情，那份天然的熟悉也会令他们迅速获得彼此的亲近与信任。所以，中国人将“他乡遇故知”列为人生四大喜事之一，这足见故乡在人心中的魅力。

可是，假如一个人遇到了自己的老乡，会问些什么呢？

无须多想也能猜到。会问当年那个淘气的同学，现在是不是也同样娶妻生子，青云平步；当年那条清澈的小溪是不是还能淘米洗衣；旧日的学堂和年迈的先生是否依然如故……大千世界，人海茫茫，“他乡遇故知”的概率并不高。真的遇到了，千言万语，诸事繁杂，一时又不知从何叙说。即便是最会说话的诗人，真的问起故乡的事，也无非是些家长里短芝麻绿豆的小事。

君自故乡来，应知故乡事。
来日绮窗前，寒梅著花未？

王维《杂诗》

当诗人王维遇到自己故乡的人时，他开心地问：“你从故乡来，应该知道故乡的事情。你来的时候，我窗前的梅花开了吗？”诗人用最通俗平淡的语言，以最寻常的小事发问，让人不免思考：离家这么久怎么只记得那一束梅花？

故乡的柳暗花明，青山绿水，像从不褪色的底片，一遍遍在心头温习、冲洗，留下如诗如画的记忆。但记忆中的故事不都是轰轰烈烈刻骨铭心的，也有平凡的、别致的，旁人看来不起眼，却充满了自己特殊回忆的小事情、小物件。那窗前的梅花可能只是诗人向来的偏爱，又或者它曾见证了朋友间的一件乐事，也或许它能勾起某次浪漫邂逅的回忆。总之，越是细小的事情，常常越能引发记忆的波动，触发无限乡情。

独在异乡为异客，每逢佳节倍思亲。
遥知兄弟登高处，遍插茱萸少一人。

王维《九月九日忆山东兄弟》

在这一年的九月初九，离家在外的王维感触颇深。在自己的家乡，重阳这天有许多民俗活动。如今，自己孤独地客居他乡，想起远方的兄弟们，此时他们一定在登高、饮菊花酒，庆祝金秋的丰收，品尝收获的果实。“登高”是对生活步步高升的期望，“菊花”是长寿的象征，九九重阳，久久相聚，兄弟们遍插茱萸，以昭示祛病健身。可惜在如此喜庆的日子里，却没有我的参与。

在这略带伤感的情绪里，远游的王维发出了这样的叹息——每逢佳节倍思亲。只此一句便道出了世代游子的心声。当一个人漂泊在举目无亲的异乡里，常常会产生莫名的孤独。万家灯火时，有没有豆大的灯光是为自己点亮。倦鸟尚且需要归巢，何况是一个有血有肉的人。平常的日子也就罢了，在别人合家团聚的时候，自己却孤身一人，寂寞将时间的纤维拉扯得分外漫长，每个细小的感受都变得更加清晰。思乡的细胞开始不断分裂，扩散出无穷的思念，想故乡的人事、风物，也想故乡节日里弥漫的熟悉而遥远的气息。

唐诗中有许多这样名垂千古的诗句，辞藻并不华丽，也没有怪诞或另类的癫狂言语，细究起来，语言甚至都异常朴素、平实。而这些诗作之所以深挚感人广为传诵，就是因为其对生活的真诚描摹，对感情的细腻刻画，对人类共通的情感的如实解读。

有人说，现代生活如此便捷，早已打破了地域的局限，人们可以随时回到故乡，那些古老的诗歌已无法再给人提供新的文化给养和情感体验，它们是泛黄的树叶、干枯的老藤，为时代所抛弃的存在。

但事实恰恰相反，正因为科技与时间的快进，才导致生命旅程的加速，令人们还来不及细致感受生活的美好便匆匆失去了它。二十岁的学子已开始背着行囊异地求学，或者还有更年轻的人，为了生活匆匆踏上远行的列车，闯荡精彩的世界。一切都被安排得满满当当，从一个城市到另一个城市，求学、就业、跳槽、婚嫁，马不停蹄建立新生活的版图。在这变动不居的旅途中，是否该静下来思考，哪里应该驻足，哪里需要停靠，哪里值得怀念？而诗歌，恰好给了人们这样的空间。

古老的诗歌像一首岁月的抒情诗，它提醒人们在迷茫时发现自己，在告别时回顾过往，在失去时学会珍惜和铭记。

客舍并州已十霜，归心日夜忆咸阳。

无端更渡桑干水，却望并州是故乡。

刘皂《旅次朔方》

刘皂说：“我像客人一样在并州生活了十年，这段时间里，我日夜想念故乡咸阳。”想念自己的故乡，想念故乡的亲友、故乡的山水，几番梦回，俱是故乡缥缈的云烟。归心似箭，诗人说十年来日日夜夜都在盼着早日返回故乡。当刘皂终于可以踏上返乡的归途，回望并州，忽然惊觉：十年来，并州已经成了自己心中的“另一个故乡”。

刘皂没有直说为什么来到并州，也没有说为什么又要返回家乡。但古往今来，背井离乡不过都是为理想，为功名，为生计奔波。年深日久，十载艰辛，一无所获，只得告老还乡，再渡一次这桑干河。当他发现自己这浓浓的依恋时，竟然又是与“故乡”的离别。

世人最珍惜的，都是“得不到”和“已失去”。这份错乱和痛心正是生活中永远不可预知的荒谬。

星移斗转，长河湍流，时至今日，人们仍可通过阅读古典诗词来了解前人的故事，品咂当下的人生。通过仰望唐朝的天空，来照亮自己的旅程。千百年前的诗句不但没有随着时间的推移而风干褪色，反而化成无尽的诗意滋养了后人的心田。恐怕，这也是唐代诗人们所始料不及的吧。

唐代仕女图

后妃多才俊
女皇的忧伤与嚣张
皇室公主风流史
千秋绝色，万古留名
宫花寂寞红

后妃多才俊

在历史的叙述中，唐太宗时期的长孙皇后善良贤淑、高贵端庄、勤俭公正，既是后宫的表率，也是唐朝女人争相效仿的范本。在众人的想象中，贵为皇后，必定正襟危坐，不苟言笑，且毫无情趣。但恰恰相反，长孙皇后美艳妩媚，温柔细腻，烂漫多情。

上苑桃花朝日明，兰闺艳妾动春情。
井上新桃偷面色，檐边嫩柳学身轻。
花中来去看舞蝶，树上长短听啼莺。
林下何须远借问，出众风流旧有名。

长孙皇后《春游曲》

上林苑的桃花迎着朝阳开得正绚烂，深闺里的女子心中涌起无边的春情。这女子风姿绰约，美艳动人。井栏边的桃花偷取她红润的面色，屋檐下的嫩柳也学她婀娜的身姿。她穿梭在花间，看彩蝶飞来飞去；她乘凉于树下，听黄莺婉转歌唱。何必费力打听她是谁？她的风流出众早已远近闻名。

美景配美人，春色动春情，写的虽是女子动人的姿色，却也在举手投足间显出其潇洒和自信。初唐时期，上层贵妇比较推崇东晋才女谢道韫的气度，所谓“林下风致”既指舒朗的气度，又含高雅的举止。长孙皇后此处用典，无论是“林下”还是“风流”都有一语双关之意，既言美景，亦说美人。而那份远近闻名无人不知的自信，与母仪天下的身份也极匹配，确是唐代女子的最佳代言。此诗一出，唐太宗也不免连连称赞。

然而，更值得称赞的是，如此香艳的诗作，被大方地收录进《全唐诗》。没有假托他名，没有轻视与谴责，也没有对狐媚惑主的担忧，大唐以开放的襟怀和气度，包容了年轻皇后的娴雅与风流，并保存下至尊红颜的真容，供后世瞻仰与品评。这是唐朝的开明，也是王朝的自信。

除了长孙皇后外，许多后妃的诗作也得以留存。其中较令人瞩目的一位嫔妃，名为徐惠。

徐惠其人，传说颇多。据闻徐惠四五岁便熟读“四书”“五经”，八岁作诗《拟小山篇》，歌咏屈原的高洁：“仰幽岩而流盼，抚桂枝以凝想。将千龄兮此遇，荃何为兮独往。”由此扬名。唐太宗素喜才女，就在长孙皇后过世两年之后，一道圣旨翻山越岭来到湖州，召徐惠进宫。

徐惠天资聪慧，勤勉好学，手不释卷，落笔成文，很得唐太宗喜爱。唐代后妃制度也很有趣，妃嫔们不但有清晰的等级制度，而且跟官员一样有“官阶”。比如武则天，进宫的时候跟徐惠同为才人，相当于五品官阶。但直到唐太宗驾崩，武则天依然是五品才人，官阶毫无提升。这也是武则天在唐太宗时期不得宠的一个标志性事件。反观徐惠，起初也是五品才人，很快被提升为三品婕妤，后又被唐太宗封为二品充容，地位仅次于皇后和妃，位列九嫔，可见唐太宗对徐惠非常宠爱。

据说有一次，唐太宗召见徐惠，结果旨意传出去很久都不见徐惠。后宫佳丽，哪个不是望穿秋水，日夜苦等皇帝传召的，唯独这个徐惠，千呼万唤，不见踪影。唐太宗虽然喜欢她，但心里也有些生气，正要发火，忽然来了。但来的不是徐惠，而是徐惠的诗：

朝来临镜台，妆罢暂裴回。

千金始一笑，一召讵能来。

徐惠《进太宗》

诗的大意是，我早早起来梳妆理容，只为了迎接陛下的到来。但是我等了这么久陛下都不来，等得我心烦意乱，在屋里团团转。古人说：千金难博美人一笑，可是陛下让我等了这么久，我怎么会一纸诏书就肯来呢？唐太宗读完此诗，不但不怒，反而哈哈大笑。都说“女为悦己者容”，明明早上起来就开始打扮苦等心上人，等得心急火燎坐卧不宁。终于等来皇帝的召见，她却忽然闹别扭，嗔怪起他来。可沉浸在爱情中的女人的语言，又岂能是表面字句说的那样简单，所以唐太宗不怒反笑。这诗中情味甚浓，乃是徐惠恃宠而骄，欲擒故纵。但这骄傲绝不盛气凌人，似乎其中还藏着对情感的依赖，对女人情思与情态转变的细腻刻画，确为徐惠不俗的“心声”。

不得不说，这徐惠将“君臣与夫妻”间的感情尺度把握得极好。毕竟后宫美女如云，徐惠与唐太宗，虽为夫妻，但也是君臣。如果此诗惹太宗震怒，徐惠很可能就此失宠。但她能于感情的间隙中成功捕捉到其中的分寸与进退，实是聪明至极。

徐惠的才华不仅体现在小女人撒娇邀宠上，她的诗作还体现出一种超越普通女性的睿智和骄傲。

旧爱柏梁台，新宠昭阳殿。

守分辞芳辇，含情泣团扇。

一朝歌舞荣，夙昔诗书贱。
颓恩诚已矣，覆水难重荐。

徐惠《长门怨》

徐惠自己就是一位宫妃，而这首诗描写的恰恰也是后宫女性的命运。先是列举汉武帝抛弃皇后陈阿娇，后又讲汉成帝冷落班婕妤。后宫女性始终无法主宰自己命运的悲剧立刻变得异常醒目。汉成帝当年宠爱班婕妤，甚至让她同车共辇，但班婕妤以“圣贤之君皆有名臣在侧，三代末主乃有嬖女”为由婉拒了成帝的邀约。但贤惠如班婕妤，终究还是落得团扇被弃的命运。而一旦只懂歌舞欢宴的新人得宠，往昔熟知诗书礼仪的旧爱也就变得无比轻贱。整首诗前六句都是讲后妃失宠被遗弃的事，虽然用词讲究，对偶精妙，韵律和谐，但从内容上讲，总体上还是对女性的同情与对女性命运的悲鸣。

写到最后两句，诗作笔锋一转，既然旧时恩爱已完全断绝，那么想让失宠的人再回到身旁，就像覆水难收一样，根本不能实现。这两句既是对女性命运的描述，也是对自身尊严的维护。即便对方贵为天子，女人也不应只是“招之则来，挥之即去”的存在，也应是被珍惜并善待的。

恰恰是这首诗里隐匿的幽微个性与独特风采，印证了徐惠在

《进太宗》的诗里埋藏的难以令人察觉的独立和稍纵即逝的情思。她的“一召讵能来”不仅是小女子的撒娇憨态，也是女性不自觉的平等意识的流露。即便沉溺在爱情的世界里，徐惠也希望对方能给予自己同样的理解与尊重。若非如此，覆水难收时，再多慨叹也是枉然。

可惜，再多的才华，也免不了深陷爱河。唐太宗去世后，徐惠哀伤过度并拒绝吃药，第二年便仙逝了，死后被追封为妃。徐惠明知后宫女性随时会因失宠而被遗弃，但她依然以整个青春和生命勇敢地投入自己的情感中。一代才女，年仅二十四岁便香消玉殒，终究还是殉了情。

总体说来，无论是长孙皇后还是徐惠贤妃，作为大唐的开国红颜，她们都用自己的诗篇为初唐的蓬勃生机和粗粝风貌添了不少风韵。她们与其他女子并无分别，地位、尊荣，不过是她们辉煌而短暂的一生的最后陪葬。真正令她们名传后世的，依然是那些动人的诗篇，以及这背后的诸多传闻。

女皇的忧伤与嚣张

无论当时还是现在，武则天都是人们拆解不开的谜题、顶礼膜拜的“女神”。在男权垄断一切的历史暗夜里，她横空出世，如灿烂的骄阳，似皎洁的明月，照亮了现实与想象的最远边界。她是唯一被历史加冕的女皇，前无古人，后无来者。即便后人频频模仿，她依然是不可超越的丰碑，无可替代的存在。

自古奇才多异样。武则天从小就表现出与普通女孩儿迥然不同的性格。古代女子素喜女红，主要是打发时间，以后结婚也算练了门手艺。未出嫁的贵族小姐整天闷坐在阁楼缝缝补补，生活上不接地气，精神上更是空虚乏味。但武则天从小就不喜欢这些针线活儿，她喜欢跟随父母外出游历。壮美山河开阔了她的眼界，南北文化打开了她的胸怀。在那个女性普遍被“圈养”的时代，武则天在“放养”的教育环境里自由成长，慢慢确立了独特的见识、胆魄和才干。

据史书记载，父亲亡故后，武则天辞别寡母入宫，母亲非常不舍。侯门深似海，此后母女间寻常见面都变得非常不易；后宫多佳丽，如果不得宠，保不准要受多少磨难。武则天的母亲泪水涟涟地望着女儿，这一别，不知何年何月能再见。

此时的武则天年仅十四岁，如花的年龄，如花的容貌，放在普通少女身上定是一番撕心裂肺的挣扎，满腹前途未卜的恐惧。武则天却不然，她面无惧色，有着超年龄的沉稳和成熟，对母亲的软弱非常不满：“如今我进宫见皇上，怎么知道就不是好事呢？你不要哭哭啼啼的，像小孩子一样！”就这样，她带着无所畏惧的心态，志在必得的自信，迈入了皇宫的大门，也迈入了中国历史的伟大篇章。

进宫后，武则天被封为五品才人，后宫地位较低。按如今的婚恋眼光看，武则天性情刚烈，霸气勇猛，跟唐太宗李世民“气场不合”。

李世民戎马一生，喜欢的都是些温婉柔弱的类型。当年长孙皇后陪着他打江山，李世民伤重昏迷，长孙皇后手里握着包毒药，哭得跟泪人一样，随时准备同生共死。李世民醒过来后，感动于这份深情与执着，一辈子都非常敬重长孙皇后。长子李承乾极不成器，但李世民多年不愿将其太子之位废掉，就是因为李承乾乃长孙皇后所生。可惜长孙皇后早逝，李世民沉痛哀悼后，也便将感情慢慢转移到其他人身上。但这个人不是武则天，而是跟武则天同为才人的徐惠。

徐惠乃典型江南女子，温柔清丽似枕边一朵解语花，很能激起李世民作为男人的保护欲，非常得宠。武则天为此还专门去请教徐惠如何能得太宗欢心。徐惠淡淡地说："以才侍君者久，以色侍君者短。"徐惠说的"才"是那些春风难解的少女情怀，舞文弄墨的灵巧心思。但武则天却误以为，徐惠所说的才华应该体现在治世才能上。所以说，成功这种事，方向永远比速度更重要，武则天对才华的"误解"直接导致了她在失宠的道路上越跑越远。

比如有一次，李世民问谁能制服狮子骢，其他人不敢言语，武则天觉得发挥自己才干的时候到了，挽起袖子说："我来！"李世民问她："你打算怎么治呢？"武则天说："我先拿鞭子抽，不行我拿锥子扎，再不行我拿匕首刺，直到制服它为止。"李世民惊得虎躯一震，这哪像个女人该说的话呀，从此不再喜欢武则天。其实李世民和武则天性格有些近似，比如果敢、坚强，如果做兄弟可能还会意气相投，但做夫妻委实不搭。

跟武则天比较符合“互补原则”的，是李世民和长孙皇后的小儿子李治，他善良温和，心怀仁爱，是典型的柔弱书生。武则天和李治年龄相仿，二人青春正盛，所以一拍即合，虽然不敢在太宗面前眉来眼去，但私下里早就情愫暗生。

及至唐太宗撒手人寰，李治（后为唐高宗）终于能“子承父业”接下父亲所有的财产，却发现没办法接收父亲的女人。因为依惯例，曾被先皇临幸但没有诞下子女的后宫嫔妃，就如武则天这种，要被送去感业寺出家为尼，为先皇诵经祈福。起初，李治还时常惦记武则天，但日子久了，也就渐渐淡忘了。

可武则天从未忘记过李治，她不甘心将自己的青春和人生交待在感业寺，这是武则天不曾预料到也无法忍受的未来。她日夜思念李治，等待着李治救她于水火。但此时的李治会不会早已美女环绕忘记自己了呢？在这样的惴惴不安中，武则天写下了此生罕见的脆弱：

看朱成碧思纷纷，憔悴支离为忆君。
不信比来长下泪，开箱验取石榴裙。

武则天《如意娘》

此时的武则天，虽然年轻貌美，但对未来充满了迷茫和焦虑。感业寺的晨钟暮鼓不能熄灭她对爱情的等待和对世俗的渴望。这首《如意娘》表达的正是这种情绪。武则天说自己已经看朱成碧、老眼昏花了，这一切都是因为太过思念李治。如果不信，可以打开衣箱去查看，当年滴落在石榴裙上的相思泪，至今痕迹犹在。

武则天性格霸道又善于谋略，一生中多数时间都是将他人生死玩弄于股掌，自己很少有这样的无助和忧伤。所以，这首诗算是特殊时期的心理写照。但就在武则天茫然无措备感煎熬的时候，幸运的转门已悄然为她开启。

跟所有流行的宫斗模式近似，李治的王皇后为了跟劲敌萧淑妃争宠，决定联合其他嫔妃共同作战。当王皇后知道高宗李治对庶母武才人有情时，竟不惜一切代价，策划安排武则天从感业寺还俗，并亲手将武则天送入李治的怀抱。

这一切，让李治又惊又喜。

但红尘一番劫难，武则天已对人生和未来产生了新的视角。当李治兴高采烈地迎接武则天回宫时，武则天已不再是曾经千娇百媚的武才人，当然也不再是感业寺里忧心忡忡的女尼了，她已决心做一个掌控命运、握紧未来的人。后来的晋级众所周知，武则天先借王皇后的手扳倒了萧淑妃，然后又借高宗李治踩倒王皇后，终于登顶后位宝座，直达皇权核心领导层。

能够走到皇后这个位置，对于中国古代女人来说，已经是至高无上的尊荣了。但武则天的脚步似乎从未停止。唐高宗身体羸弱，无心朝政，武则天竟然以皇后身份参政，掌权长达数十年，培养了一批自己的政治力量。及至高宗死后，武则天接连废黜了自己的两个儿子，终于在各种势力的推波助澜下，自立为帝，改国号为“周”。从严格意义上讲，她等于把唐朝给推翻了。

在古代漫长的岁月中，男人是皇帝，是天，是太阳；女人只能依附于男人存在，是沉默隐忍的大地，是夜晚皎洁的月亮，抑或是微光闪闪的星辰。普通家庭里，女人尚且要遵守三从四德，要依附父亲、丈夫、儿子，更别说是在血雨腥风的天子之家。武则天嫁了两个皇帝丈夫，废了两个皇帝儿子，最后自己当了皇帝，这在中国几千年的历史中是不曾有过的挑战，是对皇权和男权的彻底颠覆。所以，自武则天登基起的十几年间，整个李唐家族在各地先后举行过数次起义，反抗武则天的统治，但最后都被镇压下去了。

很多史书将武则天写得残暴乖戾，仿佛她的统治只有血腥镇压和特务告密，但实际上武则天在掌权的几十年中，采取了很多有利于国家发展的政策。比如，她选贤用能，提拔人才，为后来的“开元盛世”储备了不少有才之士。她还创建了历史上著名的流民政策，促进了人口的繁荣。但是，她的才能与智慧并不能抹杀其固执与霸道。她不但要掌控人间事，还要调配大自然的风光。寒冬腊月，一时兴起，她竟然喝令百花为之绽放。

明朝游上苑，火急报春知。
花须连夜发，莫待晓风吹。

武则天《腊日宣诏幸上苑》

相传，迫于武则天的淫威，众花神接到命令后纷纷开放，唯有牡丹严守花令，拒不开花。第二天，武则天盛怒之下令人将牡丹连根拔起，并火烧其根，将之贬往洛阳。其飞扬跋扈的性格可见一斑。

作为中国历史上唯一被承认的女皇，武则天是神一般的存在。她从古代社会地位极低的女人，最终变为至高无上的女皇，并在年老后实现了政权的平稳移交与过渡，实属古今一大奇观。对修书的史官来说，如何评论武则天一直争议不断。但这种局面，睿智如武则天似乎早有预料。她立下无字碑，生前死后事都任由后人评说。所谓不着一字，尽得风流，这是武则天的通透，也是她的潇洒。

皇室公主风流史

他们相遇的时候，她身着华服，端庄秀丽、温柔文静，透露出大唐的从容与优雅，而他被热烈的干阳烤得皮肤黝黑、体格健壮，连带眉宇间的神采，都显示着男子汉的英气勃发。她跟着他去了遥远的吐蕃，那里水肥土美，牛羊成群，只可惜那不是她的祖国。

文成公主虽然不是唐朝第一个和亲的公主，却是历史上最著名的一个。唐太宗始终相信并坚持实践着这样的理念："一桩婚姻相当于十万雄兵。"于是，有了一段段和亲的故事，也有了唐代公主们的纷纷远嫁。

然而，童话都是骗人的。那远嫁的文成公主，不过是李唐王室的宗室远亲，因姓李，被唐太宗在贞观十四年（640 年）封为文成公主。第二年便被远嫁吐蕃。

毕竟，和亲远嫁虽利于稳定边疆局势，但生离即死别，山高水远，千里迢迢，一去难回，此生几乎不能再见，难免万般不舍。因此，那些泣血含泪用以和亲的公主，有的并非皇族女儿，只不过是宗族亲戚，还有的甚至只是普通宫女，顶着公主的名义出嫁罢了。像太平公主这种真正的帝女，据说少时也曾受吐蕃点名求婚，但唐高宗和武则天哪里舍得爱女远嫁“蛮荒之地”，于是就为太平公主修了一个太平观，谎称公主已经出家，借以逃避和亲。等到了十六岁，太平公主就还俗出嫁了。

唐代公主的确可以随时出家与还俗，对于她们来说，出家不必苦守青灯古佛抑或面壁思过。出家只是一种姿态，一种躲避婚姻的选择。因为唐代女道士的私生活不但不苦，反而潇洒又丰富。

女道士们的道观中常常高朋满座，名流云集。他们聚在一处吟诗作对，品茗抚琴，当然也免不了觥筹交错之际的眼波流转、眉目传情。唐代诸多才女如薛涛、李季兰、鱼玄机等都是著名女道士，她们才华出众，风流韵事更是车载斗量。

但公主出家，因为其身份高贵，所以与普通女子还是略有不同的。以最为引人瞩目的玉真公主为例，这类公主女冠与普通女道士相比，更富有，更尊贵，更浪漫，也更自由。

玉真公主是武则天的孙女，两三岁时，其母窦德妃就被武则天秘密处死。她的童年生活，几乎都是在战战兢兢中度过的。在她青春疯长的岁月里，所见所闻多为宫廷的血腥争斗，亲人间的情谊被权力的抢夺撕得粉碎。而那些飞扬跋扈、权倾朝野的公主，比如太平公主、安乐公主等，走到人生尽头时往往也死得很惨。所以，玉真公主早早便厌弃了红尘，与姐姐金仙公主一同出家了。

唐睿宗知道她们自幼生活动荡，非常怜惜爱女，于是大兴土木，为玉真姐妹修建了豪华的道观。里面布置了颇多山水景致，还筑有宫殿。道观修好后，睿宗赏赐了许多能歌善舞的女子去陪伴公主，指派退休宫女们去侍奉公主起居。所有开销用度一律参照皇家标准。唐玄宗继位后，因金仙公主和玉真公主乃是他同母胞妹，故依然破例加封。所以这些公主出家后非但没有经济损失，反而俸禄丰厚，行动上更加自由。

公主名为出家，实则在搬离皇宫逃出禁锢后，都过上了逍遥自在的日子。道观几乎是她们逃避婚姻、远离政治的避难所。大门紧闭，观内一切便与世隔绝。因公主身份特殊，故而前来拜望者川流不息。谈笑有鸿儒，往来无白丁。终岁弥漫着丝竹之声，兼有赏诗之趣，饮宴之欢愉，随清风荡漾。整个道观仙乐飘飘，其中亭台楼阁金碧辉煌，宛若皇宫别院，令人不胜神往。彼时的公主，真如艺术沙龙的女主持、诗坛文苑的交际花。

因公主年轻貌美，道观里又行为便利，花前月下，才子佳人，很快就传出各种绯闻，公主的情事便也渐渐浮出历史地表。其中，最令后人津津乐道的莫过于玉真公主和李白的暧昧关系。

所有的捕风捉影都源于一首言之凿凿的诗。

玉真之仙人，时往太华峰。
清晨鸣天鼓，飙欻腾双龙。
弄电不辍手，行云本无踪。
几时入少室，王母应相逢。

李白《玉真仙人词》

这首诗的大意是：玉真仙人，常常去太华峰修道。在她修道的时候，清晨会听到雷声滚滚，犹震天之鼓，狂风大作，如龙翻云海。她拨弄闪电也丝毫不会灼伤玉手，腾云驾雾更是来去无踪。过不了多久，她就可以成仙得道，到时便会与王母相逢。

这首诗打着鲜明的李白烙印，奇绝的比喻虽有过度夸赞之嫌，但也不失其应有的瑰丽想象。

也许正因为李白称赞有术，所以玉真公主非常高兴，几次在哥哥唐玄宗的面前推荐李白，终于为他谋得一席之地。也有人考证李白曾几次入住玉真公主的别墅，二人寻仙悟道、炼丹嗑药，情谊非比寻常。更有人穿凿附会，认为“李白与公主的恋情”曾轰动整个长安娱乐界，也令更多诗人前赴后继地来为公主献诗。虽多为传言，但唐代公主们的洒脱和自由可见一斑。

与其他朝代女子相比，唐代女子的婚恋自由度确实较高。“五胡杂居”的生活观念为人们带来更宽容更开放的生活态度。唐朝法律明文规定，“不和谐”的夫妻即可离异，“解怨释结，更莫相憎；一别两宽，各生欢喜”。这种潇洒分手并彼此祝福的态度非其他朝代所能比。在这样的时代背景下，公主们出家还俗或再嫁这种事也都不再稀奇。

至于公主女冠们，是暂时性出家以躲避婚姻，还是永久性出家以远离政治，其实并不重要，重要的是一种生活方式，以及由此产生的人们喜闻乐见的各种桃色事件。

相传，玉真公主晚年在安徽敬亭山修炼，而李白也住在安徽，并多次赴敬亭山拜望玉真。到底是李白感激玉真当年的举荐，还是有什么未了的情愫，外人便不得而知了。后人只能透过李白的诗句，寻找些当年的蛛丝马迹。

众鸟高飞尽，孤云独去闲。
相看两不厌，只有敬亭山。

李白《独坐敬亭山》

有人说，李白一生漂泊，晚年独坐敬亭山，抒发了自己的不平和落寞，也在自然的怀抱中求得了安慰。也有人说，李白最后的这段时光，早已淡泊名利，超脱尘世；相看不厌的不是敬亭山，而是在山中修炼的玉真公主。凡此种种，皆为推测，无从考证。但也有可考之事：

公元 762 年，玉真公主葬于敬亭山；同年，李白病逝，葬于敬亭山下的当涂县。

千秋绝色，万古留名

唐代宫廷女眷们参政议政的热情空前高涨。

先是长孙皇后完整参与了唐太宗发动的系列夺权运动，后有武则天万丈雄心改写历史并终成帝业，继而有唐代公主们热情追求权力的魔杖，这些都是其他朝代所罕见的。在风云变幻的政坛角逐中，她们积极发挥自己的才能，在唐王朝血雨腥风的时代里乘风破浪，前仆后继，为历史增添了一道道光彩。其中也有例外，比如杨贵妃，她本无子嗣，也不必去争夺皇位，但最后还是死在了权力的旋涡中。

世所公认的是杨贵妃的美貌。相传，杨贵妃刚进宫时，发现后宫美女如云，自己根本无缘见到皇上，所以终日愁眉不展。为了打发寂寞时光，她便去御花园赏花，无意中碰到了一片叶子，叶子立刻卷了起来。现代科学发展到今天，人们当然知道这是含羞草适应自然的应激性，但放在唐代，这绝对是奇谈怪事了：杨玉环美若天仙，足令花草自惭形秽，低眉折腰。宫女们奔走相告，唐玄宗很快得知此事，马上召见了这位“羞花美人”，见其姿容颜色果然倾国倾城，立刻封其为“贵妃”，由此才谱写出“三千宠爱在一身”的后续故事。

当然，仅凭唐代的八卦，根本无法使杨玉环的国色天香流传下去，因为再漂亮的美人，也终有迟暮的那天。好在唐玄宗“心怀天下”，为了炫耀自己拥有天下最美的女人，为了让贵妃之美四海扬名尽人皆知，他真是绞尽脑汁。

天宝二年（743 年）春，机会终于来了。

那日，唐玄宗带着杨玉环在沉香亭赏牡丹，鲜花簇拥着美人，美人比鲜花还娇艳，唐玄宗情动兴起，于是派人宣翰林供奉来作些新乐章。来人正是四十二岁刚入翰林的李白。

李白当年受玉真公主的举荐入翰林，怀揣满腔济世救民的理想，认为终于可以一展抱负，结果发现，玄宗不过将他当作盛世明主的政治点缀，所以他也很失望。但既然应召来写，便要写出新意。所谓天才大抵就是，他信手拈来便能语惊四座的作品其高度和水准是别人冥思苦想都无法企及的。

杨贵妃的美貌确实出众，但将其捧上“古典四大美人之一”宝座的功臣，非李白莫属。毕竟，贵妃历朝历代皆有，李白却是独一无二的存在。就这样，假李白之手，后人至今仍能领略贵妃当年的神采。

云想衣裳花想容，春风拂槛露华浓。
若非群玉山头见，会向瑶台月下逢。

一枝红艳露凝香，云雨巫山枉断肠。
借问汉宫谁得似，可怜飞燕倚新妆。

名花倾国两相欢，长得君王带笑看。
解释春风无限恨，沉香亭北倚阑干。

李白《清平调》（三首）

李白的这三首《清平调》自问世起便好评如潮，虽为奉承之作，但字字香软，句句浓艳。忽而写花，忽而写人，由识人而喜花，由爱花而赞人，语意平浅却含义深远，实为描摹容貌之杰作。

第一首写杨贵妃的美，说她美得如瑶池仙子。衣袂飘飘如云霞曼妙，容颜娇媚似牡丹盛放，顾盼生姿，宛若天人。第二首写杨贵妃得宠，说即便汉成帝时最得宠的绝代佳人赵飞燕，都要倚仗新妆才能跟杨贵妃比美。言外之意，杨贵妃天然美貌足以完胜赵飞燕。赵飞燕是汉成帝的第二位皇后，而唐玄宗在废黜王皇后以后，没再册立皇后，杨玉环恩宠正盛，其后宫实际地位也相当于皇后。李白在盛赞其美貌的时候，也顺便称赞了她的地位，可谓构思精妙。第三首将牡丹的娇美和美人的倾城都揉进君王的眼中。在这烂漫的春色中，君王哪里还能有什么烦恼，沉香亭北，君王含笑，正与贵妃双双倚阑赏花。

清代沈德潜在《唐诗别裁》中赞道："三章合花与人言之，风流旖旎，绝世丰神。"李白的诗妙就妙在，虽然没有直写贵妃的容貌，却写尽贵妃的气韵与风流，因此得到了唐玄宗的赞赏。据传，杨贵妃也十分钟爱李白的《清平调》，没事便自己低声吟诵，含羞带笑，喜不自胜。

但恩宠也是双刃剑，既然享受锦衣玉食的无上恩宠，便得负担"奸妃误国"的罪名。

安史之乱，唐玄宗率众逃跑，毫无当年扫荡宫廷振兴皇室的威风。杨贵妃千秋绝色，唐玄宗必然携其左右而不离。然坊间早有传言，安禄山发兵原因之一就是抢杨贵妃。贵妃不死，将士裹足，众怒难平。

三尺白绫，一段深情。再多的不舍，也挽不住她的生命，只能挽出死结，彼此做个今生的了断。“我的意中人是个盖世英雄，有一天他会在万众瞩目的情况下，身披金甲，脚踩七彩云霞来娶我。可惜，我猜中了这开头，却猜不到这结局。”这句话作为贵妃赴死前的心灵独语，恐怕再合适不过。

兵临城下，“祸国红颜”不过是政局动荡、民怨沸腾的炮灰，是战火硝烟中最为耀眼和醒目的“遮羞布”。风烟散尽后，历史的真相才慢慢呈现。

马嵬山色翠依依，又见銮舆幸蜀归。

泉下阿蛮应有语，这回休更怨杨妃。

罗隐《帝幸蜀》

马嵬坡前，山色依然青翠。有趣的是，这一次仓皇出逃的依然是皇帝。

黄巢攻入长安，唐僖宗仓皇出逃。诗人罗隐借此感慨，说唐玄宗九泉之下如果知道今天的事，一定会发出这样的感慨，这一回可不要再埋怨我的杨贵妃了。

当年，唐玄宗为求自保，以堵众人口舌，忍痛赐死了杨贵妃。虽说被逼无奈，但总有洗脱嫌疑之感。罗隐假托玄宗口气来说此事，颇有讽喻之意。杨贵妃作古多年，李氏子孙再次面临亡命天涯的厄运。只不过这一次，杨贵妃已经没办法再充当“历史的挡箭牌”了。

所谓红颜祸水，其实一直是历史的骗局。将貌若天仙的杨玉环赐给寿王李瑁为妃的是唐玄宗；剥夺杨玉环寿王妃资格，令其出家做女道士的也是唐玄宗；下旨让杨玉环还俗入宫并将其册封为贵妃的依然是唐玄宗；最后，导致杨玉环横尸马嵬坡的还是唐玄宗。面对皇权，一个连自己的命运都无权改变的人，却承担了改写历史的重任。这虚名，果然担得蹊跷！

宫花寂寞红

当追光灯打在杨贵妃的身上时，人们只能看到历史前台这位明星般的女子，她为杨氏宗亲带来了无限的荣耀与权力。“遂令天下父母心，不重生男重生女。”天下父母都渴望生下这样的女儿，陪王伴驾，光宗耀祖，满门加官晋爵，一朝得宠便权倾朝野。她的“神话”令人们眼花缭乱，误以为每个漂亮的女孩子都会有这样的命运。

但既然历史这个舞台，有明亮的聚光灯、美丽的女主角，也一定会有很多跑龙套的演员。在短暂的一生中，有的人只有一两句台词，而有的人却连出场的机会都没有。她们终身都在为自己的亮相而准备，但年复一年，妆容渐老，春秋虚度，大幕却不曾为她们拉开。她们甚至连舞台的大小都没有窥见，就被告知，节目已经散场。

在这场表演中，人们只记住了“三千宠爱在一身”的杨贵妃。她靓绝六宫，举手投足间都是大唐的富贵与丰盈。然而，却鲜少有人想起，那籍籍无名的三千佳丽，是如何寂寞并幽怨地度此残生的。

上阳人，红颜暗老白发新。
绿衣监使守宫门，一闭上阳多少春。
玄宗末岁初选入，入时十六今六十。
同时采择百余人，零落年深残此身。

白居易《上阳白发人》节选

白居易作这首诗的时候，加了小序，说是杨贵妃专宠后，后宫就再也没有人能够得到皇上的宠幸。但凡长得有几分姿色的妃嫔和宫女，都被送往别处幽闭。“上阳宫”便是这冷宫之一。白居易以老宫女的口吻解说上阳宫中的生活，字字寂寞，句句幽怨，如泣如诉，饱含了无尽的血泪和辛酸。

红颜渐渐苍老，白发也在不断增多，入宫时年仅十六岁，现在已经六十岁了。当年一起进宫的百余人，现在都逐渐“凋零”，在寂寞的深宫，只剩下我独自一个人。幽闭的宫门重重关上，寂寥的岁月无边无际。上阳宫并不是轻歌曼舞、欢声笑语的华美宫殿，而是一座禁锢青春、绞杀热情并埋葬希望的坟墓，是一座无情无义、无声无息的监牢。

在这首诗的结尾，上阳人说，现在我的年龄是宫中最大的了，皇帝恩典我，赐我为“女尚书”。但这空空的头衔对于我来说，又有什么用？我依然是穿着“小头鞋”“窄衣服”的过时了的女人，根本不知道外面已经流行宽袍大袖了。外面的人看不到我也就罢了，要是真的看到了，一定会笑话我，因为我现在的装束还是天宝末年的打扮。

> 今日宫中年最老，大家遥赐尚书号。
> 小头鞋履窄衣裳，青黛点眉眉细长。
> 外人不见见应笑，天宝末年时世妆。
>
> 白居易《上阳白发人》节选

身为一个落伍者，她被人淘汰的何止是衣着服饰，还有那被忽略掉的四十年前的青春、梦想。面对无可挽回的明眸皓齿，上阳人并没有因为自己的过气而羞惭，相反，她还进行了自我解嘲。可是在这番自嘲中，似乎又带着深深的苦痛与悲愤。王夫之说："以乐景写哀，以哀景写乐，一倍增其哀乐。"含泪的微笑、隐忍不发的酸楚，层层地晕开在整首诗作中。

三千佳丽，被深锁在上阳宫中，没有君王的召见，也无法与家人团圆。风霜雪雨里，她们就这样不声不响地凋落成残花败柳，听凭命运的"清场"。就像一场繁华的盛宴，未及登台，已然散去，空留下，白发宫女，人老珠黄。

寥落古行宫，宫花寂寞红。
白头宫女在，闲坐说玄宗。

元稹《行宫》

元稹的这首《行宫》和白居易的诗有着相似的内涵，也有着共同的艺术指向和效果。"寥落""寂寞""闲坐"三个词，有白发宫女对岁月的伤感，也有对历史变迁的无奈。她们回忆天宝旧事，说玄宗，却不说玄宗的是非功过。弱水三千，只取一瓢饮；佳丽三千，只专宠一人。每个人的青春都同样光鲜，却未必能绽放出自己的光彩。

寒来暑往，唯有宫中的花朵年年火红地开着，而宫女们的乌发却早已白如霜雪，再无重返青春的可能。"枯木逢春犹可发，人无两度少年时。"满怀希望地入宫，不料被安置在上阳宫，除了遥想贵妃的丰腴，玄宗的恩宠，无数次闪回心中那些不可磨灭的记忆外，她们一无所有。

她们只能寂寞地打发时光，而时光又因这寂寞显得无比漫长。

银烛秋光冷画屏，轻罗小扇扑流萤。

天阶夜色凉如水，坐看牵牛织女星。

杜牧《秋夕》

杜牧的这首《秋夕》同样描绘了一幅深宫的图景。白色的烛光让屏风上的画面更添幽冷，深深的夜色，清冷如水。沉浸在这片月光中，遥看牵牛织女星，举着团扇的宫女正在兴味盎然地拍打“流萤”，以此解闷并打发时间。

古人说腐烂的草容易化成流萤，而宫女居住的庭院竟满是飞来飞去的流萤，足见其荒凉。团扇本是夏天用来扇凉的，到了秋天，气候寒冷，扇子也就没有用了。所以，秋天的扇子常常被用来比喻古代的弃妇。宫中夜色清冷如水，不正与这宫中人情一样凉薄吗？日子太漫长了，千篇一律的都是寂寞。

但这些从未亲近过皇帝的上阳宫人并不是最不幸的。最悲惨的人，是那些曾经受宠后又遭到遗弃的妃嫔。对她们来说，日日被寂寞啃噬的孤独与悲痛，绝非普通宫女所能想象。

唐玄宗曾百般宠爱的梅妃就是其一。

相传，江采萍自幼聪敏过人，九岁便通晓诗文，乃公认的才女。后被选入宫，封为正一品皇妃，因素喜梅花，被赐名“梅妃”。玄宗对其爱若珍宝，梅妃独得圣宠数年之久。

但玄宗年老后移情，受杨贵妃挑唆，将梅妃发往上阳宫居住。多年的荣宠，令梅妃无法忍受上阳宫的清冷，于是便写了一首《楼东赋》送给玄宗。玄宗看后心有所动，但怕杨贵妃生气，所以只偷偷地送去了些珍珠。

梅妃大失所望，将珍珠退还，并赠诗一首：

桂叶双眉久不描，残妆和泪污红绡。
长门尽日无梳洗，何必珍珠慰寂寥。

江采萍《谢赐珍珠》

梅妃秉性高傲，诗作里满是哀怨。她说自己整日懒得梳妆画眉，残妆被眼泪冲下来，弄脏了衣服。既然上阳宫中的梅妃已再不是玄宗你的心上人，你又何必送什么珍珠来安慰我呢？！索性就这样继续在孤独的悲伤中活下去吧。

但与世隔绝也绝非易事。

安史之乱的时候，唐玄宗顾不上带走梅妃就匆匆逃跑。性格刚烈的梅妃身裹白绫投井自尽以全贞节。也有人说，其实梅妃是被安禄山的士兵乱刀砍死在宫中。而那被玄宗带走的杨贵妃，同样没能逃脱命运的诅咒，被赐死在马嵬坡前。

红颜薄命，她们向来是盛世的点缀，乱世的祭品。

唐玄宗当年亡命天涯，自顾不暇，后人也只能在零星的史料中读到这些宠妃的结局。但没人能猜测到，那被深锁在上阳宫里的三千佳丽，在冲开紧闭的宫门，逃出幽闭的监牢后，魂归何处，又能逃往何方。

最浪漫的事

恰好一见钟情

一纸情书，无尽流年

长相思兮长相忆

超完美爱情

好花易落，红颜早凋

恰好一见钟情

世间爱情的结局千差万别，但故事的开篇却同样浪漫甜美，神采飞扬。如果将热恋比喻为躁动的盛夏，那么人生的初次相遇就如早春的桃花，鲜艳柔媚，略带矜持与羞涩。时代会变，主角会变，但动人的情事从未曾改变。

那年清明节的午后，刚刚名落孙山的唐代诗人崔护，独自出城踏青。长安南郊的春天，草木繁盛，艳阳高照，桃花朵朵，空气里弥漫着融融的春意，崔护不自觉地沉浸在这片无边的春色中。忽然，他感觉有些口渴，抬头看，恰好行至一户农家门外，便轻叩其门，想讨一杯水喝。

门里传来姑娘轻柔的询问：“谁啊？”

崔护说：“我是崔护，路过此处想讨杯

水喝。”

农家的大门徐徐拉开，两颗年轻的心便在明媚的春光中浪漫地邂逅了。

姑娘温柔一笑，端了碗水送给崔护，自己悄然倚在桃树边。崔护见姑娘美若桃花，不免有些动情。可是，即便开放宽容如唐朝，也毕竟是“非礼勿视，非礼勿言”的封建时代，男女之间的禁忌依然颇多。崔护按捺住自己激动的心，将水碗送还给姑娘，道谢离去。在这故事中，姑娘由始至终其实只对崔护说了两个字——“谁啊”！

第二年的清明，崔护又去南郊踏青。没人知道他是否想去寻找那曾令他怦然心动的笑容。

后世记载，那日崔护重回旧地，看到门上挂着铁锁，便怅然若失地离开。临走时，写下一首诗贴在门上：

去年今日此门中，人面桃花相映红。

人面不知何处去，桃花依旧笑春风。

崔护《题都城南庄》

诗的大意简单美好又略带惆怅。去年这个时候，我站在这扇门前喝水，看到美丽的姑娘和盛开的桃花交相辉映。今年这个时候，我故地重游，发现姑娘已不知所踪，只有满树的桃花，依然在春风中含笑怒放。桃花灼灼，所有的明媚都掩不住“佳人难再遇”的惆怅。

在婚恋自由的现代社会，人们已经很难理解初相遇时的那份羞涩与矜持。在“父母之命，媒妁之言”执掌婚恋大权的时代，很多年轻人根本接触不到其他的异性。除了极其传统的“表哥表妹，天生一对”这种婚恋模式外，一见钟情是决定陌生男女能否相知相许的唯一途径。宝玉和黛玉第一次相见时，彼此心里都不由一惊，觉得对方十分“眼熟”，倒像在哪里见过。那些岁月中漫不经心的一瞥，像暗夜划过长空的流星，光辉无限，余韵无穷。

当然，邂逅亦有不同。温柔腼腆如崔护诗中的桃花姑娘，只敢矜持害羞地问声谁，与爱情擦身而过，而有的姑娘却敢于直抒胸臆，大胆奔放地说出内心的想法，虽风格迥异，但也不失唐代的直率与豪放。

君家何处住？妾住在横塘。

停船暂借问，或恐是同乡。

崔颢《长干曲·其一》

在这碧波荡漾的湖面上，年轻的女子撞见了自己的意中人。她爽朗地询问起小伙子："你的家在哪里啊？"还没等人家回答，便急着自报家门："我家在横塘，你把船靠在岸边，咱们聊聊天吧，说不定还是老乡呢！"其直白的语言、淳朴的性情将年轻姑娘的潇洒、活泼和无拘无束生动地映现在这碧波荡漾的湖面上。与桃花姑娘的妩媚相比，倒也别有一番质朴和爽朗。

紧接着，小伙子也憨厚地回答了姑娘的提问：

家临九江水，来去九江侧。
同是长干人，生小不相识。

崔颢《长干曲·其二》

"虽然我们同是长干人，可原来并不认识呢。"诗人崔颢写的这组《长干曲》共有四首，采用问答的形式，铺写了青年男女相识、相谈、相邀、相伴的全过程。诗中姑娘坦率直白的询问，体现了其勇敢活泼的性格，也为自己叩开了一扇通往爱情的心门。

这天真朴素而又浪漫热烈的女子形象，在晚唐时期韦庄的笔下再次出现。

春日游，杏花吹满头。

陌上谁家年少？足风流。

妾拟将身嫁与，一生休。

纵被无情弃，不能羞！

韦庄《思帝乡》

依然是春暖花开，依然是少年风流。韦庄笔下的姑娘，似乎比横塘姑娘更敢作敢为。她看中了英俊潇洒的心上人，便打算以身相许。哪怕有一天被他抛弃了，她对自己的选择也既不羞愧又不后悔。恋爱自由的热情，有恃无恐的青春，饱满丰沛的深情，不计得失的恋爱，很是让人动容。

春暖花开时，杏花也好，桃花也罢，只希望爱情必经的路上，多些美丽的相逢，少些无奈的错过。或许，这正是“人面桃花”留给后人的无穷遐思。

不过，崔护的诗写完后，故事并没有结束。古人的浪漫永远超越今人的想象。唐代孟棨的笔记小说《本事诗》中记载了崔护的这一段情。

那日，崔护惆怅题诗后，依然有许多放不下的心事，到底惦念着那位桃花姑娘，所以几天后又返回南庄。走到姑娘家门口正巧碰到一位白发老者，老者一听崔护自报家门，便气急败坏地让崔护抵命。崔护茫然不知所为何事，老者这才哭诉了始末。

原来，自去年崔护走后，桃花姑娘便开始郁郁不乐。前几天，刚好和父亲出门，结果回到家来，看到墙上的《题都城南庄》，知道又跟崔护错过了，顿生哀怨。索性不吃不睡，没几天就把自己折腾死了。

崔护听后，深深地感动于姑娘的深情。他慌忙跑进屋里，扑倒在姑娘的床前，不断地呼唤姑娘，“崔护来了”。这感天动地的痛哭，竟真的令姑娘奇迹般地死而复生，与崔护有情人终成眷属。后世《牡丹亭》里杜丽娘也有起死回生的类似经历。正所谓：“情不知所起，一往而深，生者可以死，死可以生，生而不可与死，死而不可复生者，皆非情之至也。”

当然，没有人能证明崔护的爱情故事是否果有其事，但“人面桃花”的明媚和“物是人非”的落寞，却吟诵出人们对平常生活的感喟。尤其是那初见时的倾心，满树盛开的桃花犹如朵朵怒放的心花，开在爱情的枝头，令人沉醉其中，流连忘返。

一纸情书，无尽流年

爱是如此相似却又如此不同，有纯真也有深沉，有矜持也有大胆，有炽热也有冷艳，有温暖也有残酷。作为表达爱意的情书，也因此显出各自迥然不同的美感。

卡夫卡的情书、里尔克的《三诗人书简》等都堪称世界情书史上的经典。而鲁迅与许广平的《两地书》，沈从文与张兆和的《沈从文家书》，王小波与李银河的《爱你就像爱生命》则是中国现代情书史上的佳作。可能是职业的原因，这些作家的情书，读来不但有强烈的时代特色，也有鲜明的个人风格，笔墨间从容潇洒，字里行间满溢情趣。比如诗人茨维塔耶娃写给里尔克的情书：“读完这封信后，你所抚摸的第一只狗，那就是我。请你留意她的眼神。”简单的句子立刻令诗人活泼俏皮的形象映入眼帘。

与现代情书的生动有趣相比，古典情书显得很是沉重内敛，多半写的是对朝夕相对的生活的某种追忆和珍惜。

白发方兴叹，青娥亦伴愁。
寒衣补灯下，小女戏床头。
暗澹屏帏故，凄凉枕席秋。
贫中有等级，犹胜嫁黔娄。

白居易《赠内子》

白发苍苍的我只要发出一声叹息，我的妻子也便会陪着我发愁。深夜已至，妻子还要挑灯为我缝补衣裳，只有女儿无忧无虑地在床头玩耍，她哪里能够明白父母的困苦。屋里的屏风已经破旧不堪，望望床上，我们也只有枕头和席子。这将是怎样一个凄凉的秋天啊！

诗作结尾，忽而转入对妻子的安慰：虽然贫穷，但嫁给我比嫁给更穷的黔娄还是要强些的。黔娄乃战国时期的贤士，家贫如洗，死的时候席子放正了都无法遮盖全身。白居易用黔娄自比，既暗示了自己“不戚戚于贫贱”的志向，也略带苦涩和自嘲地安慰着善解人意的贤妻。

白居易因诗闻名，也因那些讽喻时政的诗歌而被贬官。宦海沉浮，仕途不畅，能够有妻子同喜同忧，快乐可以翻倍，愁苦可以分担，人生还有什么更多的奢求呢？所以这虽然只是写给妻子的一首赠诗，倒也不失为一封真挚感人的情书。那些相濡以沫的支撑，共同岁月的印记，是沧桑人世最宝贵的真情。所以，当光武帝刘秀有意把姐姐湖阳公主嫁给贤臣宋弘时，宋弘谢绝了富贵的垂青，并留下了“糟糠之妻不下堂”的千古金句。

对于仕途挫折往往难以预料、人生常遇颠沛流离的文人来说，能有一位贤妻陪伴，那份理解与支持，实在是难得的精神慰藉。无数个平淡如水的日子，就这样变得细水长流，不可或缺。

但古人的情书也略有不同。宋代词人像柳永、秦观等都喜欢写艳词送给青楼歌伎，风花雪月，免不了逢场作戏。唐代诗人罗隐、杜牧等也会写诗给歌伎，但内容多为遣怀，是为了抒发自己的抑郁不得志，也是因为同情歌女生活的艰辛。但唐代诗人的情诗大多还是写给妻子的，其中最著名的便数《夜雨寄北》。

君问归期未有期，巴山夜雨涨秋池。
何当共剪西窗烛，却话巴山夜雨时。

李商隐《夜雨寄北》

关于这首诗的争论始终没有平息，有人说这是李商隐写给朋友的信，因为李商隐的妻子在他作此诗时已经去世了。也有人说这首诗是写给妻子的，在《万首唐人绝句》中题为《夜雨寄内》，而“内”在古代自然是内人、妻子的代称。放下这些纷乱的争论，只看这首诗的内容，确像是写给妻子的。

你问我什么时候才能回家，我也说不清楚。我所在的巴山，夜雨连绵，已经涨满了秋池，而我的内心也和这巴山夜雨一样，淅淅沥沥，凝结着思家想你的无限愁绪。什么时候才能够回到家中，和你一起剪烛西窗？到那个时候再和你共话这巴山夜雨的故事……

短短的四句诗，第一句回答了妻子的追问，第二句写出了雨夜的景致，第三句表达了自己的期待，最后一句暗示了如今的孤单。四句话，简而有序，层层铺垫，写出了羁旅的孤独与苦闷，也勾画了未来重逢时的画面，甚至把连绵细雨也写进笔底波澜，堪称篇幅最为简短而内容又最全面的情书。一波三折，含蓄地描绘了与妻子隔山望水的深情。更引人悲伤的是，李商隐写作此诗那年夏秋之际，妻子已经病逝。当他在雨夜思念远方爱人的时候，剪烛西窗已成为永远无法实现的奢望。

唐人情书因多写给妻子，所以语言平实质朴，所道皆为家长里短，那份对爱人的细致关怀，对亲人的思念，被衬托得十分深婉动人。

当然，因为诗人性格迥异，所以他们写出来的情书也必然情态各异。有苦乐参半的白居易，有情思细腻的李商隐，也有率真洒脱的李太白。

三百六十日，日日醉如泥。
虽为李白妇，何异太常妻？

李白《赠内》

一年三百六十多日，李太白日日醉酒。五柳先生说“造饮辄尽，期在必醉”，李白和他差不多，只要一喝便要尽兴，只要尽兴便会醉酒。但是宿醉总还是要清醒的，睁开尘世的双眼，李白就觉得对不起妻子。整天烂醉如泥，害妻子担惊受怕，觉得非常不好意思。“太常妻”是一个典故，说汉朝有位太常卿叫周泽，掌管宗庙祭祀活动，常常以斋禁之名冷落妻子。妻子顾念他老病之躯，所以来看望他，他不但不领情，还认为妻子妨碍了他职业神圣化，将妻子扭送监狱。李白此处用典，笔法活泼，表面显歉意，实则幽默。

他给妻子写情书，说：我怜惜你呀，嫁给李白也没什么好日子过，整天在收拾残局。明显有种撒娇和淘气并得逞的意思，让人又气又爱。李白一生很少写感情这种小事，他的笔法是宏大广阔的，说地、谈天，名山、大川，讲的都是胸襟和怀抱，于谈情说爱日常琐碎极少涉及。也因此，这首诗才显得别具一格，部分地展示了李白为人乐观富有情趣的一面。

无论是李商隐巴山夜雨的相思，白居易荣辱与共的流年，还是李太白酒后猛醒的倾诉，这些情书都深刻地显现了相濡以沫、与子偕老的深情。不管爱情如何激情澎湃，回到日常，一餐一饭才是生活的真实状态，只有踏实地活在其中乐在其中，才能修炼出淳朴的美丽的动人的诗一般的生活。

长相思兮长相忆

说到相思，最著名的诗便是王维的那首：

红豆生南国，春来发几枝。
愿君多采撷，此物最相思。

王维《相思》

红豆有着大自然赐予的天性：色红如血，坚硬如钻。从外形看，也很像一颗小小的红心。它不腐不蛀，鲜红亮丽不易褪色，恰恰象征了爱情的坚贞与恒久。相传，汉代一位南国女子因思念丈夫，终日以泪洗面。最后泪水流尽了，再流出来的便是滴滴鲜红的血水。血滴落地，生根发芽，长成参天大树，结了满树的红豆。因为这是思念的结晶，所以人们把红豆称为“相思子”。后人常把红豆做成饰品，串成手链或项链，挂在身上，以示相思。王维的诗正是从那遥远的故事里走出来的。

红豆是生长在南国的，不知道春天来了，又会生出多少枝。希望你可以多多地采摘，留着它，因为这红豆啊，最能惹人相思。王维这首诗句句围绕红豆，字里行间却传递出饱满的真情，语浅情深，韵律柔美，一问世便成为唐代名歌，被争相唱诵。虽然王维此诗中的相思表达的并非爱情，而是对彼时身处南国的好友的眷恋之义，但“相思”始终是红豆的主题。至于《相思》的真意，也算是美好的“误读”吧。

那么，究竟什么才是“相思”呢？

是满城飘飞的柳絮，还是长街蒙蒙的春雨，那封永远迟到的情书，已被岁月染黄的照片，抑或仅仅是留在千年历史中孤独而风干的背影？

这是个传奇而又动人的故事，说曾经有位妻子因为思念丈夫而长久地站在山上眺望。日出日落，月圆月缺，她凝望未来的目光，穿越了时间的尘埃，洒落在爱情的长河里。花开花落，年复一年，几千年的时间过去了，她苦苦相思的身影化作了坚固的磐石，变成了一座动人的雕像。

终日望夫夫不归，化作孤石苦相思。

望来已是几千载，只似当时初望时。

刘禹锡《望夫山》

时光如静静的河流，轻轻流过她的身边，但相思之情已令她完全忘记了自然的更迭。她遥遥地望了几千年，却和当年刚刚站立的时候一样深情。这份苦苦的相思，让她的爱情在人们心中化为永恒的磐石。

山河变换，深情依旧。虽然望夫崖只是凄美的传说，但世间爱情千差万别，人间相思自然千姿百态。

有的爱静静地开在梦中——

茨菰叶烂别西湾，莲子花开犹未还。

妾梦不离江水上，人传郎在凤凰山。

张潮《江南行》

去年“茨菰叶烂”时我们在西湾分别，转眼已经到了莲花盛开的时候，却还不见你回来。“茨菰叶烂”应为秋末冬初，“莲子花开”则已到夏日。诗句只用八个字便完成了季节的切换和时间的流转。荷花红绿相映，热闹有趣，反衬出当下自己的寂寞和思念之情。古代女子常自称为“妾”，所以女子又说，心上人令自己魂牵梦绕，自己连梦里都不离开江水，因为情郎在西湾与自己分别，自是沿江而去，但人们又说他已经去了凤凰山。关于爱人的消息，真如那散在山中的云，落在水中的雨，飘忽不定。而她的思念也因此盘山绕水。这首诗看似简单，却一唱三叹，情意绵绵，写得入情入理，余味无穷。

有的爱偷偷地藏在占卜中——

偶向江边采白蘋，还随女伴赛江神。
众中不敢分明语，暗掷金钱卜远人。

于鹄《江南曲》

这首诗最细腻之处就在于人物的生动性与场景的真实感。

第一句写偶尔会去江边采摘白蘋，也会跟女伴们一起去祭拜江神。但是，女主人公参加的这些活动都是应女伴的招呼而去的，并不是出自本心，她真正的心思是什么呢？她说，众人在旁边的时候，不敢将心事明说出来，只能自己偷偷地在暗地里投掷金钱，卜算下离家在外的心上人。前三句的“偶向”“还随”“不敢”将漫无目的的懒散状态铺叙得非常充分，引出的“暗掷金钱”这一动作，便将女主人公天真烂漫又活泼可爱的形象完美地呈现出来。全诗虽然未写半点情事，却将那份相思之情写得极为生动传神。

当然，这些相思都是细腻绵巧的，虽有淡淡哀愁，却也含无穷浪漫，不像李白的相思，清冷孤寂，凄婉悲凉。

秋风清，秋月明，
落叶聚还散，寒鸦栖复惊。
相思相见知何日？此时此夜难为情！
入我相思门，知我相思苦，
长相思兮长相忆，短相思兮无穷极，
早知如此绊人心，何如当初莫相识。

李白《秋风词》

这首诗写的是怀念恋人的情景。起笔先写风月，秋天的风凄清冷峻，秋天的夜朗月高悬。秋风吹起，落叶在风中时聚时散，飞舞盘旋。秋月朗照，早已栖息在树上的寒鸦，也被耀眼的明月阵阵的秋风惊醒，难免发出几声惊叫。寒夜生凉，内心生悲。想起相遇相知的人儿，不知道什么时候才能再相见。如此深切的思念让我今时今夜情何以堪？走入相思之门，才能明白这相思之苦啊，绵长的相思自然能带来恒长的追忆，但这短暂的相思也是无止境地延续。早知道相思是如此牵绊人心，不如当初就不要相识！整首诗由秋风、落叶、寒鸦等清冷因素组成，寒夜漫漫，相思无极限，那种恨相思甚至恨相识的心情，凄苦痛楚，的确令人动容。

不过，虽然公认这首诗语意凄凉，感情深沉，我却觉得有些表演的成分在里面。一方面，这种“三五七言”形式的诗在唐初就已经产生了，属于宝塔诗进一步发展的结果，不过在李白之前没人能将韵律使用得如此精妙，且字数也不固定。李白这首《秋风词》写作后，三五七言的格式化属性以及节奏感很强的音乐性由此奠定。

另一方面，李白是擅长使用华丽辞藻及夸张想象的诗人。无论是写“黄河之水天上来”，还是“白发三千丈，缘愁似个长”，都有奇绝瑰丽的色彩、怪诞丰沛的想象。结合李白的性格、经历和作品来看，他即便先前哭天地、摧心肝，转而便能看得开放得下，正是“人生在世不称意，明朝散发弄扁舟”嘛！所以，通达明澈如李白这样的人，虽然也有放不下“情”字的时候，但若说这情多么痛彻心扉伤入骨髓，如何刻骨铭心，多半也只是后人浪漫的想象。这首诗是非常好看且耐读的，但也要注意李白惯有的夸张，以便更好地理解其表演性。

回到唐诗中的这些美好的相思情，倒的确像天上圆月般清朗，明知会有缺憾，也知不能长圆，但总能静静守望，默默思念。正因为有了这份不舍，有了尘世中无数的牵绊，生命才充满诗意并令人无比眷恋。虽说人生苦短，但相思总是一剂良药，至少可以慰藉无数孤独行走的灵魂。

超完美爱情

如果非要为爱情设计一个完美公式，那么“执子之手—与子偕老”应该是多数人的期待。从相识相爱到相知相守，在漫长的岁月中，“青梅竹马—白头偕老”，这是古典爱情的传统认知，也是现代爱情的信仰与追求。

妾发初覆额，折花门前剧。
郎骑竹马来，绕床弄青梅。
同居长干里，两小无嫌猜。
十四为君妇，羞颜未尝开。
低头向暗壁，千唤不一回。
十五始展眉，愿同尘与灰。
常存抱柱信，岂上望夫台。

十六君远行，瞿塘滟滪堆。
五月不可触，猿声天上哀。
门前迟行迹，一一生绿苔。
苔深不能扫，落叶秋风早。
八月蝴蝶来，双飞西园草。
感此伤妾心，坐愁红颜老。
早晚下三巴，预将书报家。
相迎不道远，直至长风沙。

李白《长干行》

从青梅竹马到白头偕老，不仅是美丽的成语、浪漫的故事，也包含着美好的依恋，青涩的新婚，团聚、分别、等待、相思，包含日常生活的百般滋味。在时间的链条上，连同爱情一起成长的还有日渐丰满的青春。

全诗刻画的是一位闺中少妇的形象，她以自述的口吻、回忆的方式，倾诉了对远方丈夫的思念之情。开篇六句生动地再现了两个人天真无邪的童趣时代。

当头发刚刚能够盖过额头的时候，我会折些花在家门前玩耍。你骑着竹木马过来，我们就快乐地绕着井栅栏做游戏。因为从小就是邻居，在一起玩，一起度过美丽的童年，一起跟着时间长大，所以两颗心从来就没有猜忌。简单的几句话，便创造了至今仍广泛使用的两个成语——青梅竹马、两小无猜。这两个词自诞生起便成为人们对爱情的一种追求。

接下来，女主人公在记忆的铁轨上继续行进：十四岁新婚，因为害羞所以躲在墙角不敢看你。哪怕是那么熟悉的人，自幼一起玩耍长大的你，连唤数声，我都羞得不肯回头看一眼。十五岁才懂得舒展愁眉，决定此生与你共度。十六岁你离家远行，要去瞿塘滟滪堆。五月涨水的时候，小心不要触礁。

李白的《长干行》共有两首，此为其一，描写的主要是男子外出经商，女子在家殷切思念丈夫的感情。她不断回忆往事，日子过得太快，从孩童时的两小无猜，到新婚后的幸福甜蜜，复又写丈夫离家后的自己。

你离家时在门前徘徊的足迹，已经渐渐生出绿色的青苔。你走了那么久，绿苔累积得太厚已经不容易清扫，落叶飘下来，秋天也早早地到来。八月时，两只蝴蝶双双飞到西园的草地上。触景伤情，我忽然觉得很伤心。日子过得那么快，思念已经让我满面愁态，容颜衰老。言外之意，不知道你回来的时候，我是否还能有这皓齿朱颜，善睐明眸。

随后也是一声叹息，满满的期盼：你什么时候回来一定要提前告诉我，我会远远地就出来迎接你归家！这首诗故事性极强，虽然情节简单，却写得优美动人。《唐宋诗醇》评价此诗道："儿女子情事，直从胸臆间流出，萦迂回折，一往情深。"

从两情相悦到白头偕老，看似简单，其实要经过时间酝酿的诸多考验，方能见证爱情的纯粹与坚定。诸如天灾人祸，战争瘟疫，情感背叛，都有可能令人中道分散。如果想携手走过尘世的风风雨雨，将爱情进行到底，不但需要对抗情感的诱惑、生活的碾压，也需要有顽强的意志来说服自己坚持最初的选择。

当年，卓文君与司马相如私奔时，并不计较司马相如如何穷困潦倒，她当街卖酒，贴补家用。不料司马相如功成名就后，便打算抛弃她。卓文君悲愤交加，提笔写下汉乐府名篇《白头吟》。司马相如看过后，想起当年情分，也钦佩卓文君的才华，于是断绝了纳妾的念头，夫妻和好如初，留下一段佳话。而《白头吟》中那句"愿得一心人，白头不相离"写得可谓深情哀婉，摇撼人心，至今仍是许多年轻人的爱情座右铭。毕竟，无论在生活中，还是在艺术世界里，长久的爱情始终令人神往。

曾经沧海难为水，除却巫山不是云。

取次花丛懒回顾，半缘修道半缘君。

元稹《离思》

这是唐代诗人元稹为悼念亡妻韦丛所作的一首诗。诗里说，曾经体验过沧海的波澜壮阔，别的水便无法再吸引我，曾经眷恋过巫山的云蒸霞蔚，别处的风景也便不能再令我陶醉。我即使从百花丛中穿行而过，也不会留恋任何一朵，更别说回头张望。这一半是因为修道，另一半就是因为你。“万花丛中过，片叶不沾身”说的正是此意。

古人说：“观山则情满于山，看海则意溢于海。”山山水水总能留人愁绪，解忧舒怀。但是，在元稹看来，这一切似乎都毫无意义。他经历过最美的巫山云雨，体味过动人心魄的沧海波澜，世间任何的景物都不能再打动他了。这就犹如大千世界，自亡妻逝去，便再也没有爱情可言。也许在他人眼中，韦丛并不是完美的女人，但在元稹心里，她的一颦一笑、举手投足都完美得无可挑剔。“情人眼里出西施”，爱的光芒照耀着人的内心，一切都是那样美满。而心爱的人不幸离世，留在心里的只剩最美的回忆与惆怅。

全诗表面写的虽是景致，不着半个“情”字，却烘托出了无限的爱意，也点出了“钟爱一生”的主旨。韦丛在天有灵，读到此诗应该也会颇感欣慰吧。茫茫人海，没有早一步也没有晚一步，恰好在最好的年华遇到了最爱的人。这一生，无论何时何地，任凭花团锦簇、美女如云，便再也入不得眼，进不得心，只爱自己心里的那一个。在她的身上，沧海碧波始终朗月高悬，巫山之上永远晴空如洗。而那些平淡如水的日子，也因为这份爱而毕生难忘。这份爱，是万古长存的暖意，也是人间永恒的真情。

青梅竹马时，选择自己所爱的；须发斑白时，依然钟爱自己所选择的。这便是人间最美的情路吧。

“我一辈子走过许多地方的路，行过许多地方的桥，看过许多形状的云，喝过许多种类的酒，却只爱过一个正当最好年龄的人。”沈从文先生这段文字历来被看作爱情表白之经典，更被无数年轻人奉为圭臬：在最好的岁月里，遇到心爱的人，如此，便是完美。

好花易落，红颜早凋

李商隐有诗云：“人世死前唯有别，春风争拟惜长条。”在爱情诗歌主题中，最令人伤痛的，便是生离死别。“生离”之悲是因为距离的遥远可能会有无穷变化，“相去万余里，各在天一涯”，这是世事无常的起点。而“死别”，则是无常的终点，是一切可能的停止、一切相聚的破灭。

昔日戏言身后意，今朝都到眼前来。
衣裳已施行看尽，针线犹存未忍开。
尚想旧情怜婢仆，也曾因梦送钱财。
诚知此恨人人有，贫贱夫妻百事哀。

元稹《遣悲怀·其二》

元和四年（809），元稹爱妻韦丛病逝。元稹思念韦丛，写下三首《遣悲怀》。第一首追忆过去，妻子婚后与自己的艰苦生活；第三首是由悲妻到自悲，写面对今后的生活，唯有无穷无尽的相思才能报答妻子曾给予自己的爱。而这第二首《遣悲怀》写的是现在，是此时此刻的孤独、寂寞和哀痛。

当年妻子尚在人世的时候，曾开玩笑想象死后的事，如今一语成谶，这些事真的都摆在了眼前，叫人如何不哀痛。她穿过的衣服差不多都施舍给别人了，但她用过的针线盒依然放在那里，所谓睹物思人，实在不忍心打开。因想念妻子，对那些曾服侍过妻子的婢女，也格外怜爱。因梦见妻子，醒来想到多年来她嫁给自己缺衣少食，所以要多烧点纸钱给她，以免她死后还要受穷。丧妻之痛，虽然人人都有，但想起贫贱之时妻子日夜操劳的往事，便觉得极度哀痛。

韦丛二十岁嫁给元稹，去世时年仅二十七岁，元稹那时也才三十几岁，少年夫妻，正是亲密无间柔情蜜意的年龄，不料中道分散。斯人已去，那患难与共的生活，度日维艰的苦涩，妻子去世后，恐怕再也无人能懂。陈寅恪先生《元白诗笺证稿》评价说："夫微之悼亡诗中其最为世所传诵者，莫若《三遣悲怀》之七律三首。"

所谓"悼亡诗"，一般是指丈夫追怀悼念亡妻之作。唐代诗人中，创作此题材较多的诗人，除了元稹外，便是李商隐。而李商隐的诗中，以《锦瑟》成就最高。

锦瑟无端五十弦，一弦一柱思华年。
庄生晓梦迷蝴蝶，望帝春心托杜鹃。
沧海月明珠有泪，蓝田日暖玉生烟。
此情可待成追忆，只是当时已惘然。

李商隐《锦瑟》

这首《锦瑟》是李商隐爱情诗的代表，也是历来爱诗者最喜欢吟诵的诗篇。宋元之后，对此诗的解读便众说纷纭。周汝昌先生认为以“锦瑟”开端，实则暗示了“无题”之意，是李商隐爱情诗中最难理解的一首。

华丽的琴瑟有五十根弦，繁复的感情可能就需要如此多的琴弦才能表达吧。这每一根弦每一个音节都令人想起青春年少的光阴。庄生迷蝶，已经分不清自己和蝴蝶的区别，真是人生如梦。望帝托鹃，望帝杜宇将满腔心血化为杜鹃鸟的阵阵悲鸣，寄托哀怨。沧海月明，鲛人的眼泪化为晶莹的珍珠。蓝田日暖，良玉的精气缓缓腾起，生出缕缕玉烟。

“庄周梦蝶”是人生的迷惘，“杜鹃啼血”有人生的执着，“沧海明珠”呈现广阔与空寂，“良玉生烟”生发温暖与奇幻。四句诗，四个典故，四种意象与情感。锦瑟年华，如玉如珠，但想到这些美好的人事多数都只是传说，可望而不可即，便觉得徒添惆怅。

尾联写“此情可待”，说的是如今这些美好的事物与情感都如云烟过眼消失不见，只能变成脑海中的追忆了。可是当年，面对那么宝贵的青春年华，那样美好的佳人与感情，自己却漫不经心，视为寻常，完全不懂珍惜。诗作言尽于此，但其描画的生动画面却盘旋脑中，令人无法忘却。

这是人们面对感情时的共鸣。那些曾经欢乐与共的时光，如心头烈焰难以熄灭。或因生离死别，或因情深缘浅，总之是错过了，失去了。像窗前的一束月光，心口的一粒朱砂，令人深深铭记，不愿抹去，靠着记忆的力量，反复品咂、回味。

追忆似水流年，悼念远去的深情，是李商隐这首诗的情感核心，也是李商隐爱情诗的解读切口。

通常来说，李商隐的爱情诗都非常晦涩难懂，比如这首《锦瑟》，有人说这是他追怀理想的隐喻，有人说这是他在哀悼亡妻，有人说他只是吟咏逝去的一段爱情，更有甚者言之凿凿说他爱上了一位名叫“锦瑟”的婢女。凡此种种，好像李商隐在诗中都有表达，但仔细揣摩，这表达又立刻显得含混不清。而这幽怨中忽明忽暗的感情，草蛇灰线，始终埋藏在他的诗中。

“身无彩凤双飞翼，心有灵犀一点通。”
“春蚕到死丝方尽，蜡炬成灰泪始干。”
“春心莫共花争发，一寸相思一寸灰。”
“直道相思了无益，未妨惆怅是清狂。”

李商隐《无题》选摘

一种观点认为，如此模糊的诗意是李商隐诗歌的缺陷，影响了对他的解读。但实际上，这恰恰扣紧了爱情的隐秘。两个人的爱情常常是秘而不宣的，只可意会不可言传。眉目传情，秋波流转，别人看不到的情意，恋爱中的人却可以独得其味。所以，读李商隐的情诗，很容易就看出他恋爱了，爱得刻骨铭心；他相思了，思念得魂牵梦绕。但除此之外，女主角家在何地，身在何处，姓甚名谁，一切都不可考。李商隐吞吞吐吐，遮遮掩掩，虽然忍不住一直在诗里剖白爱意倾诉衷肠，但直到今天，这些情诗依然晦涩难懂。

不过正因为这层含蓄，李商隐的诗歌世界始终笼罩在一片朦胧的美感中，从而吸引人们不断去探究他个人情爱经历与诗作间对应的语码。

荷叶生时春恨生，荷叶枯时秋恨成。

深知身在情长在，怅望江头江水声。

李商隐《暮秋独游曲江》

荷叶生长的时候，春恨也随着疯长。荷叶枯败的时候，秋恨也已经生成。我深深地知道，只要还活在这个世界上，这份感情就不会断绝。但也只能眺望无边的江水，听它呜咽悲鸣，犹如我痛苦的心声。短短一首小诗，将浓浓的痴情化作奔流的江水，穿透世间爱恨，漾起无尽深情。

妻子离世几年后的一天，李商隐在暮秋时独游曲江，写下了这首感人的悼亡诗。所谓“身在情长在”，就是不管你身在何处，我心中对你的爱都将随着生命的存在而流淌，直到地老天荒，海枯石烂，人在，情在。

这首诗写作一年后，李商隐因病故去。但他深切诚挚的感情，随着他的诗作，历久弥新，永不褪色。

文癫武狂

少年气，游侠梦
从军行，铁血柔肠
塞外情，奇绝多美景
和平心，列国自守边疆
文士胆，业就何须身后名

少年气，游侠梦

《少年行》本是乐府旧题，在唐代诗人手里大放异彩，尤其是初盛唐诗人们，多以此为题，描写少年游侠的任性妄为、热血侠情，更兼对历史英雄的追慕，以及对战场磨炼的渴求等。李白、王维等人都写过这一题材的组诗。

击筑饮美酒，剑歌易水湄。
经过燕太子，结托并州儿。
少年负壮气，奋烈自有时。
因击鲁句践，争博勿相欺。

五陵年少金市东，银鞍白马度春风。
落花踏尽游何处，笑入胡姬酒肆中。

李白《少年行》（二首）

第一首诗，写少年对游侠英雄的追怀仰慕。

荆轲刺秦前，燕太子丹率宾客送荆轲于易水岸边，高渐离为荆轲击筑，荆轲弹剑高歌："风萧萧兮易水寒，壮士一去兮不复还！"李白这首诗就是围绕荆轲的典故而作。他认为，少年侠客，就像高渐离击筑，就像荆轲和唱，应该结识燕太子丹这样爱才的贤主，也要结交并州男儿那样轻生死重义气的朋友。少年时便身负雄心壮志，将来总有奋发之日、激昂之时。

李白接着写道：如果再遇到鲁句践（又名"鲁勾践"）这样的游侠，应事先通名报姓，以免因赌博生事，互相欺辱。《史记·刺客列传》记载，荆轲当年游侠于邯郸的时候，遇到了鲁句践，因为下棋博弈时发生争执，鲁句践生气就怒斥了荆轲，荆轲并不回话就从牌局遁走。实际上，荆轲离开不是因为害怕，而是显示出不屑与鲁句践争论的鄙薄之意。可见，李白是已经完全将自己的少年梦代入荆轲的遭遇中，想象着如何扮演荆轲的角色。此诗虽是咏怀荆轲，却完全套入了李白的幻想与抒情，也勾勒出少年游侠的天真与稚气。

第二首诗，写少年对游侠生活的浪漫狂想。

李白所认为的游侠生活实在太畅快了！长安金市乃豪门贵族聚居处，游侠少年出身富贵，生活奢华，骑着配银鞍的白马，满面春风地徜徉在街市间。游春赏花之后最喜欢去哪里玩耍呢？当然是去胡人开的酒肆中，与那些漂亮的西域胡姬饮酒作乐。在李白的笔下，少年拥有的是阳光下所有美好的事物，有花，有酒，有银鞍宝马，有异域美人。手里是花不尽的钱财，身上是用不完的青春。盛唐气象中的游侠少年，就这样在李白笔下恣意潇洒，任性而为，一派蓬勃的少年气！

与李白“高歌击筑骑马踏花”的少年梦不同，王维的游侠梦里多了些英雄气与家国感。

新丰美酒斗十千，咸阳游侠多少年。
相逢意气为君饮，系马高楼垂柳边。

出身仕汉羽林郎，初随骠骑战渔阳。
孰知不向边庭苦，纵死犹闻侠骨香。

一身能擘两雕弧，虏骑千重只似无。
偏坐金鞍调白羽，纷纷射杀五单于。

汉家君臣欢宴终，高议云台论战功。
天子临轩赐侯印，将军佩出明光宫。

王维《少年行》（四首）

王维这四首诗讲的是少年游侠的几段生活。

第一首诗写“相识痛饮”。新丰的美酒非常名贵，出没长安地区的游侠多为少年。相逢时如果意气相投必要痛饮几杯交下这位朋友，而少年们的骏马就拴在楼下的垂柳边。值得注意的是，“五陵年少”和“银鞍白马”在李白诗中曾出现过，将两位诗人的作品放在一处看，可谓妙极。

第二首诗写“边塞出征”。离开家不久便成了皇帝的御林军，随后就跟着骠骑将军辗转沙场，参加了渔阳大战。其实，谁不知道远赴边疆既辛苦又危险呢，但是保家卫国是男人责无旁贷的使命，纵然战死疆场空余一堆白骨，也会飘出侠义的清香。

听鼓角争鸣，望烽火边城，黄沙漫天的古道上闪烁着刀光剑影。策马扬鞭，一骑绝尘，将家国安危系于己身。那些遥远的相思，凄惨的离别，在少侠此时的身上都还未出现，他所关注的只是浴血沙场。这是王维的边塞梦，也是无数长安少年游侠梦想中的征程。

第三首诗写“奋勇杀敌”。少年游侠一个人便能拉开两张弓，敌军众多却全然不放在眼中。他身手矫健，从容地在战马上变换姿势，彼时正偏坐在金鞍上，慢慢抬起羽箭，瞄准发射的目标，再将敌军首领们逐一射死。

第四首诗写“功成封赏”。“汉家”此处是以“汉”代“唐”，指朝廷君臣。意思是说，满朝文武开过庆功宴后，皇帝开始坐在云台上论功行赏。天子亲自走上前来授印，赏侯赐爵。最后一幕是将军佩戴着印绶走出明光宫（汉朝宫殿名）。此时，前三首诗中那位高楼饮酒、战场杀敌、箭无虚发的少年侠客，却忽然不知所踪。他骁勇善战，曾跟从将军赢得渔阳大战，为什么最后却被骠骑将军抢走了战功呢？恐怕是皇帝宠臣坐享其成抢占功绩，反倒是奋战沙场的勇士不受重视。相当一部分学者持此观点，认为王维最后一句诗取讽刺之意，发不平之声。

我的理解是，此句应专为刻画少年游侠“只报国恩，不贪虚名”而作。王维的《少年行》四首，虽独立成章，且各有侧重，但无一不是为刻画少年侠客而作。四首诗前后有序，叙事连贯，环环相扣，宛如一部“长安少侠成长史”。试想，当年“相逢意气为君饮”，信奉“纵死犹闻侠骨香”的少年，在战争中出生入死、锻炼了胆魄、历练了灵魂的少年，此时应早已变为成熟稳健的侠客。而真正的侠客，应如李白所说“事了拂衣去，深藏功与名”。如此，王维与李白二人笔下的少年游侠，才算真正进行了精神的对接与交流，并借此完成了对盛唐少年最为完美的塑造与讴歌。

从军行，铁血柔肠

汉乐府《十五从军行》控诉了十五岁服兵役的少年，八十岁才返乡的人间惨剧。“十五从军行，八十始得归。道逢乡里人，家中有阿谁？遥看是君家，松柏冢累累。兔从狗窦入，雉从梁上飞。”看到乡下邻居问自己家里还有什么人，邻居用手一指：你家的位置就在松柏环绕的那片墓地中。等老兵走到家门前，看到野兔从狗洞里进进出出，野鸡在屋梁上飞来飞去。一别六十多年，家破人亡，灾难深重，可谓是对兵役和战争的血泪控诉。“从军行”也演变为描写军队战争的传统题目被保留下来。及至唐代，国力强盛，皇帝积极进取，开疆拓土，人们也受到英雄主义的感染，渴望成就一番事业。所以唐代“从军行”便呈现出一种不同往日的、雄浑激荡的热血豪情。

百战沙场碎铁衣，城南已合数重围。

突营射杀呼延将，独领残兵千骑归。

李白《从军行·其二》

李白这首诗既不写边塞美景，也不提戍边辛苦，而是直言战争的残酷。由于战事频繁，唐军将士来不及休整，连身上的铠甲都已经磨碎了。到底是身经百战被敌军刺碎了铁甲，还是气候寒冷冻碎了铁衣呢？或许兼而有之。但将士们全然顾不得这些事了，城池的南面已经被敌军重重包围了。这时，军中冲出一位勇士，他突闯敌军营垒，射杀敌军大将，独自带领残兵从血泊中拼杀出来。这里成功地塑造出败不言弃率众突围并最终使自己的军队转危为安的英雄形象。读到此处，仿佛这位英雄与整首诗都带着层层杀气、凛凛威风。李白的诗歌向来奇绝瑰丽，但能如此震撼人心，还是离不开盛唐特有的豪情气概的熏染。

盛唐的很多诗人写过这种鼓舞人心的诗篇。

青海长云暗雪山，孤城遥望玉门关。

黄沙百战穿金甲，不破楼兰终不还。

王昌龄《从军行·其四》

青海上空，长云漫卷，渐渐遮住了雪山。站在孤城之上，遥望远远的玉门关。“黄沙百战穿金甲”，七个字中深藏了战争的长久与艰苦，时间的流逝犹如滚滚黄沙，将士们身上厚重的铠甲都被磨穿了。这漫长的军旅生活不知道什么时候才能结束。但将士们的壮志比铠甲还要坚固，不打败进犯国家的敌军，他们誓死不返家乡。这种深沉坚定的信念，不但稳固了军队的士气，甚至也影响了文人的感情。

烽火照西京，心中自不平。
牙璋辞凤阙，铁骑绕龙城。
雪暗凋旗画，风多杂鼓声。
宁为百夫长，胜作一书生。

杨炯《从军行》

紧急的军情犹如燃烧的烽火，迅速传到了长安。书生意气在心中翻滚，再也不想端坐书斋，消磨青春与人生。辞别皇宫，从皇帝的手中领到那支令箭。铁骑龙城，国人的希望都寄托在这金戈铁马的沙场。大雪纷飞，军旗上的彩绘也在岁月的风尘里渐渐褪色。狂风怒吼，鼓角争鸣的喧闹夹杂在狂风中。诗作的最后两句，杨炯直抒胸臆："宁为百夫长，胜作一书生。"哪怕只是当个低级的小军官，也能上阵杀敌报效国家，总胜过那些整日在书房里静坐只会雕琢字句的文弱书生。全诗情绪急迫、冲动，节奏明快，笔力雄健，颇有几分气壮山河的架势。

《唐诗解》认为，当时朝廷重武轻文，杨炯见文官不受宠，所以"心中自不平"，写作此诗，不过是借题发挥，抒发满腹牢骚而已。无论何种缘由，这一往无前的姿态、为国效力的深情，倒也不失为勇者的风采。毕竟从军苦，戍边难，生死未卜，有家难返。谁都知道从军打仗总会有死伤。今日战果辉煌，明天出征能否回来则尚未可知。所谓"醉卧沙场君莫笑，古来征战几人回"（王翰《凉州词》），这本就是一个引人感伤的话题。将士们为了家园的安宁必须出来打仗，可战争的结果往往是死伤惨重，很多将士再也无法返回家园。

但这似乎并不能动摇军人的意志。相反，在将生死置之度外后，他们显得更加豪迈。功名利禄并不重要，封侯拜相无须计较，能够驰骋疆场，报国安民，又何必在乎自己的生死呢？"愿得此身长报国，何须生入玉门关。"（戴叔伦《塞上曲》）英雄气概，侠义风骨，早已存在胸中，为国为民为苍生，肝脑涂地，哪里还顾得上生死！

男儿事长征，少小幽燕客。
赌胜马蹄下，由来轻七尺。
杀人莫敢前，须如猬毛磔。
黄云陇底白云飞，未得报恩不得归。
辽东小妇年十五，惯弹琵琶解歌舞。
今为羌笛出塞声，使我三军泪如雨。

李颀《古意》

幽燕一带自古多豪客，从小在那里长大的男子，注定会沾染慷慨悲歌的士气，也因此多了几分刚烈与彪悍。长大后更是从军戍边，将勇武的气概泼洒在疆场之上。文人间的逗趣常常是雅致清新，“摘花高处赌身轻”，“惯猜闲事为聪明”。而武将们的打赌却很是不同。他们把最重的赌注压在战场上，争做杀敌的英雄，为取胜甚至不惜生命的代价。将军的胡须如刺猬的毛刺般密密地直竖在脸上，哪怕是再厉害的敌人，都不敢和他靠近。

如此紧张的节奏却充满了画面感：一个七尺大汉，手持雪亮的战刀，背后黄沙漫漫，他怒目而视，吓得敌军瑟缩不前。雄壮伟岸的将军身后，黄云卷着白云在天边翻滚，胸中的激情陡然升起，未报国恩，未立战功，怎可重返家园？！

假如这首诗就此结束，留在人们印象中的可能仅仅是一个彪形大汉的形象，栩栩如生，却不够血肉丰满。但李颀真如艺术家般，对笔下人物进行了更为细致的雕琢：辽东少妇年方十五，擅长弹琵琶也擅长歌舞。今天她忽然用羌笛吹奏了出塞曲。笛声哀怨，曲波荡漾，三军将士被勾起无尽的思乡之情，直听得挥泪如雨。

这些曾经奋不顾身的铁血硬汉，苦、累、伤、痛，都不曾令他们落泪。但音乐温柔流转，像清泉漫过心田。老迈的爹娘，久别的妻子，儿时的同伴，那些流淌在岁月中的记忆被熟悉的旋律悠悠唤醒，被刀光剑影磨出老茧的心渐渐如剥了壳的荔枝，露出了内在的柔软。如此一来，李颀笔下这些虎虎生威的硬汉就又被写得柔肠百转了。他们有执着的血性，也有为父母妻儿动情的泪光。铁血柔情，不但没有损伤唐代英雄的形象，反而增添了他们人性的光辉。

塞外情，奇绝多美景

唐代是中国历史上最意气风发的时代。辽阔的疆域，壮丽的河山，常常令诗人们心生豪迈，他们进而又将这饱满的感情化为恢宏的诗篇，不断扩展着唐诗的版图。

宋代严羽在《沧浪诗话》中说："唐人好诗，多是征戍、迁谪、行旅、离别之作，往往能感动激发人意。"而这些题材中，边塞诗无疑是最具豪情的。朝中高官，军中武将，甚至连文弱书生都能写出豪放的边塞诗。那种与时代同步的自信与自豪都被写进诗作里，化为一幅幅边塞美景。

十里一走马，五里一扬鞭。

都护军书至，匈奴围酒泉。

关山正飞雪，烽火断无烟。

王维《陇西行》

诗作起笔，以走马扬鞭的急迫态势，展示了十万火急的军情。风驰电掣而来的军书，只有一条简洁的消息——匈奴迫近，已经围住了酒泉（地名）。可是，抬眼望去，漫天飞雪，白茫茫一片，根本看不到任何烽火。按照古代的战时预警，一般是先看到烽烟，后收到军报。但由于雪太大，天地一片苍茫，根本看不到烽烟。可能是在大雪中无法点燃烽火，抑或是火焰被雪熄灭。总之，这飞马疾驰送来的紧急军报该如何继续传递到下一站请求救援呢？当刻不容缓的军情遭遇连绵的飞雪……

这首《陇西行》犹如边塞生活的横断面，展示了战争期间军情危急时的状况，接着便戛然而止。至于后面的故事如何发生，情况紧急如何应对等，则只字不提，仿佛置身于诗中所描绘的白茫茫的世界里，虽无迹可寻，却耐人回味，留下了无限想象的空间。

王维素以“山水田园诗”著称，后世读者皆知其笔调清新优美，常常流淌着静静的禅意，他因此被尊为“诗佛”。孰料王维少年时曾受儒家影响，有着很强的入世思想。这首《陇西行》中快马加鞭的急促，风风火火的热切，恰是对他早年积极进取的一例佐证。

林庚先生在《唐诗综论》中说："边塞诗是盛唐诗歌高峰上最鲜明的一个标志。"据说唐代诗人，无论是著名的还是非著名的，至少都写过一首边塞诗。

月黑雁飞高，单于夜遁逃。
欲将轻骑逐，大雪满弓刀。

卢纶《和张仆射塞下曲·其三》

"塞下曲"也是乐府旧题，多写边塞、征战等内容。卢纶曾任通判，对行伍生活比较熟悉，所以这首描写雪夜里追击敌军的诗显得格外生动。月黑是没有月光的黑夜，本该安静沉睡的雁群忽然被惊醒乱飞。怪异的环境立刻透露出危险的气息，不免有些忧惧。

是谁惊动了雁群呢？原来是匈奴的首领想要趁夜逃走。将军发现单于逃跑，准备带领轻骑兵去追赶。整装待发时，天降大雪，雪花落在清冷的弓刀上，为将士们手中的弯刀更添一份寒光。整首诗气势豪迈，笔力雄健，不但营造了充满诗意的雪景，而且透过单于想趁夜逃走的衰败之举，衬托出边塞战士的英勇无敌。

边塞生活本极为劳苦与艰辛，黄沙漫漫，白雪纷纷，跑到条件恶劣的前线去参与军旅生活，会有许多不可想象的苦难，比如刀兵相见的危险、血流成河的牺牲。但即便如此，唐代许多诗人依然争先恐后地涌向边塞军营，去实现自己的理想，丰富自己的阅历，感悟更激荡的人生。究其原因，可能是因为唐朝虽战争频繁，但胜战较多，所以人们也乐于在金戈铁马的纵横里，挥洒激情，燃烧赤诚。而在理想主义和浪漫主义的交织下，苦寒之地的边塞荒凉，也就常变为诗人眼中的奇绝美景，散发出迷人也诱人的芬芳。

君不见走马川行雪海边，平沙莽莽黄入天。
轮台九月风夜吼，一川碎石大如斗，随风满地石乱走。
匈奴草黄马正肥，金山西见烟尘飞，汉家大将西出师。
将军金甲夜不脱，半夜军行戈相拨，风头如刀面如割。
马毛带雪汗气蒸，五花连钱旋作冰，幕中草檄砚水凝。
虏骑闻之应胆慑，料知短兵不敢接，车师西门伫献捷。

岑参《走马川行奉送封大夫出师西征》

岑参的边塞诗有一个共同的特点，就是语意新奇，壮烈而又显瑰丽。诗歌从茫茫黄沙入手写起，戈壁的荒凉与寂寞都在这遮天蔽日的浑黄中展开。首先是狂风怒吼，那些像斗一样大的碎石，随着狂风满地滚动，飞沙走石的险境历历在目。匈奴借着草黄马肥的机会，率领大军来侵犯大唐江山。大唐将士们晚上都不脱盔甲，顶着如刀的狂风在暗夜里行军。

最为奇特的景象是那些同样劳累的战马，在寒冷的天气里，可以看到马毛上还沾着雪，但因连夜行军奔跑，它们浑身冒着热气。天寒地冻，热气遇到冷空气，就形成了一串串冰花，凝结在战马的身上。而军帐里的将军正打算起草檄文，却发现砚台里刚刚倒出来的墨水已经凝成了冰。

在这呵气成霜的时候，诗人的笔墨却似乎更加酣畅。他说战士们顶风冒雪的姿态一定会吓倒敌军，料想连仗也不用打我们就可以胜利还朝了。虽然这只是岑参浪漫的想象，但他对边塞生活细致入微的观察与描摹，却令人感受到豪迈的气势、蓬勃的激情，以及电光火石般的力量。

作为从南方来的战士，岑参对北方的生活充满了好奇。北风吹，大雪飞，塞外苦寒美。当他以发现新大陆般的惊喜来描绘北方的风景时，一切都显得那么迷人。塞外风光的奇特与莫测，是大唐子民如非亲见实难想象的。只有亲历战争的诗人们，才能在风雪交织、变幻莫测的时空中，捕捉到灵感的火花。

和平心，列国自守边疆

西方文化中有很强的生命意识，不管是纵横在神话故事中的英雄，还是生活在现实世界里的诗人，只要觉得尊严或爱情遭受了威胁或挑战，就一定要誓死捍卫（著名诗人普希金就是死于一场决斗）。他们身上都凝结着巨大的爆破力，只要被激怒，就一定要将胸中这盆烈火打翻，以换来更为壮烈的燃烧。

与西方文化的对抗性相比，中华民族的传统文化透露出冲淡平和的态度，讲究中庸、守成，不喜欢采用激烈的方式解决纠纷和争端。《老子》说，“上善若水。水善利万物而不争”。意思是，做人最高的品质应该像水一样，能润泽万物却不与万物争高下。水能承载万物、包容天地，这以柔克刚的智慧，也被称为最温柔的“武器”。

一条古时水，向我手心流。

临行泻赠君，勿薄细碎仇。

刘叉《姚秀才爱予小剑因赠》

古人喜欢“以水喻剑”，因为“水”象征品格的承载，“剑”寓意理想的寄托，而且水和剑都那么清澈，那么明亮。诗歌题目交代了事情的起因，因为“姚秀才”喜欢诗人的小剑，诗人在送剑给朋友的时候，写了这首诗：我手里拿着的是一柄上古传下来的好剑，剑如流水藏在我的掌心。如今临行之时，我将这宝剑赠予你，它锐利的锋芒如水般倾泻而出，透着清凉的剑光。但请你记得，不要把如此好的剑用在个人细小的恩仇上，要用在建功立业的大事上。

全诗清凉如水，行转自如，“流”与“泻”二字既有水的动感，也有剑光芒闪烁不定之感。赠剑之时的叮咛更显水样的哲思：不要为小事剑拔弩张，应该用这宝剑行侠仗义，做一番惊天动地的伟业。

另有诗人也表达过类似的观念：

三十未封侯，颠狂遍九州。

平生镆铘剑，不报小人仇。

张祜《书愤》

诗人先自嘲三十年来不曾封侯拜相，意指流落江湖，未入仕途。又说性情癫狂，暗示自己被指行为怪诞，其实不过是个性清高。诗作后两句，诗人提出了自己的理想人格：哪怕遭遇再多排挤、倾轧，哪怕拥有世所公认的镆铘宝剑，他也不会为了琐碎的私人恩怨而动用宝剑。一则，宝剑是人格的寄托，不应因小事斗殴，玷污宝剑的锋利，降低自己的品格；另一则，古人不喜争斗，讲究通达圆润，崇尚如水般的智慧。

古人虽不崇尚武力，却也从不惧怕战争。如遇外敌犯境，人们依然怀着无所畏惧的信念以守护家国的安宁。

秦时明月汉时关，万里长征人未还。

但使龙城飞将在，不教胡马度阴山。

王昌龄《出塞》

明代文学“后七子”的领袖李攀龙将王昌龄的这首《出塞》评为“唐人七绝压卷之作”，足见此诗在后世声誉极高。诗中说的“秦时明月汉时关”，不应简单理解为秦朝的明月、汉朝的关塞，而应将秦 / 汉、明月 / 关塞融合在一起，叠加成交错时空的不同画面。在唐诗中，有许多类似的写法，如白居易的“主人下马客在船”，其实是主人和客人都下马上船的意思。了解这种“互文见义”的手法，能更深刻地理解诗歌中时空交织的距离感。

自秦汉以来，冷月边关，一切似乎都没有变化；而月下关口的征战似乎也从未停止。在辽远的时空里，战争似乎是明月下、关隘里永恒的话题。万里征途，多少将士一去不返，再也没有回到家园。假如奇袭龙城的卫青还在，抗击匈奴的飞将军李广还在，绝对不会允许胡人的骑兵再越过阴山。某种程度上，诗中的“龙城”和“飞将”都不是特指某个人，而是暗含了对良将名臣的呼唤。只要有这样勇猛的将军，便可以让人们过上和平的生活。

这首诗看似平常，写的是古代常见的边塞战争，但实际上却指向一个隐藏的主题：和平。毕竟，战争只是一时之事，人们世代追求、终生渴望的，都是和平的社会、稳定的生活。所以王昌龄说只要有奋勇杀敌的将军、忠于家国的战士，就可以抵御外族的侵扰，还百姓以安宁。

诗里没有“笑谈渴饮匈奴血”的胆魄，没有“直捣黄龙”的野心，在诗人的心里，只要能够维护边疆的平安、祥和，对敌人有震慑力就足够了，并无攻城略地、挥师抢占别国领土的意图。而这份点到即止的和平的战争观便是植根于传统文化中的。

《论语》说：“礼之用，和为贵。先王之道，斯为美。”翻译成现代文字，就是礼的功用以和为贵，君王治理国家，最宝贵的地方也正在于此。中国人向来性情温顺，恬淡如水，农耕文明的安定性决定了他们不喜欢游牧、打仗，或者开疆拓土，而是喜欢安安稳稳地过日子。所以，古人的战争，绝少是为了征服，而多是被迫还击。即便拉开战局，也是希望以短暂、胜利的战争换取更为长久的和平。如此一来，“战”似乎就不再重要，“如何战并快速结束战争”则变成了讨论的焦点。

挽弓当挽强，用箭当用长。
射人先射马，擒贼先擒王。
杀人亦有限，列国自有疆。
苟能制侵陵，岂在多杀伤？

杜甫《前出塞》

杜甫说：挽弓一定要挽强弓，用箭一定要用长箭。强弓、长箭自然都是锐利的武器，有助于战事的胜利。这些都是在说战争开始前如何准备自己的工具。接着就谈到战术的问题。如果射人的话，可以先射倒他的马，马倒了人自然也就丧失了战斗力。如果擒贼的话，应该先把他们的头领抓住，一旦敌军队伍失去指挥陷入混乱，自然就对我方战局有利。

为什么要射马、擒王呢？因为可以少杀人，且快速结束战争。所以，杜甫接着说，杀人是有限度的，每个国家都有自己的疆域。如果能够制服他们，不再忍受他们的欺凌和侵略，又何必多杀无辜的人呢？以最少的杀戮达成最大的战果，正是传统文化“和为贵”思想的体现。

《孙子兵法》说：“是故百战百胜，非善之善者也；不战而屈人之兵，善之善者也。”意思是说，百战百胜虽然值得庆祝，但并不是最好的事情。能够不经历战争就让对方投降，或者如飞将军他们那样镇住敌兵，才是上上策，是最高的计谋和智慧。这一思想与杜甫的“守成”完成了精神内涵的一次完美对接，更将如水般的智慧演绎得淋漓尽致。小到个人恩怨，大到家国战事，概莫能外。

文士胆，业就何须身后名

虽说“万般皆下品，唯有读书高”，但在古代，给读书人预留的职位其实并不多。“学成文武艺，货与帝王家”，只有走上仕途当上官员，才能为皇帝分忧，为国家出力，进而实现自己的人生价值。所以即便像李白那样清高的人，骨子里也希望被委以重任，成就一番事业。

但李白和很多人的不同在于，他不在乎高官厚禄，他在乎的是国家的昌盛和人民的幸福，隐居时候想的也是“济世安民”。李白认为，只有真正实现国泰民安，自己才能放怀一切去做隐士。而他所处的时代，国家应该是需要他献计献策的。但他的估计与皇帝的预期不符。皇帝召见李白，不是想用他的才学来安邦定国，只是想用他的才情来写诗：称赞杨贵妃美若天仙，歌颂皇帝英明神武，宣扬盛世王朝的辉煌成就。除此之外，李白在皇帝的眼中，没什么大用。所以李白很失望，在诗歌里反复表达自己的失意，写了一组《行路难》。

路，指的就是自己的困境，很难找到自己的前途，觉得理想没希望实现了。

金樽清酒斗十千，玉盘珍羞值万钱。
停杯投箸不能食，拔剑四顾心茫然。
欲渡黄河冰塞川，将登太行雪满山。
闲来垂钓碧溪上，忽复乘舟梦日边。
行路难！行路难！多歧路，今安在？
长风破浪会有时，直挂云帆济沧海。

李白《行路难·其一》

金樽、玉盘盛来美酒佳肴，面对朋友们的好意，我应该“一饮三百杯”才对，但不知道何故，我却停下杯筷，胸中的郁闷令我吃不下喝不下，拔剑四下环望，心中一片茫然。想渡黄河，结果冰川阻塞；想登太行，不料大雪封山。这两句似乎正应了诗的题目“行路难”。李白不禁遥想历史人物何其幸运：姜太公闲来垂钓得遇周文王，伊尹梦到乘船经过日月旁边终被商汤重用。其实垂钓与乘舟都是在等待贤君降临，到时自己便可从政，辅佐君王一展宏图伟愿。如今行路难啊，世路艰难，前途未卜，而这么多的道路，我也不知道应该走哪一条。此处再次呼应了拔剑四顾时的茫然无措。

但李白毕竟是“诗仙”，他为尘世的追求而沮丧，却总能令人看到他百折不挠的振奋精神。诗作最后，他说总会有一天，高挂云帆，畅游沧海，直抵心中的彼岸。这就是李白的自信——不管世事如何艰难，总有乘风破浪的勇气和乐观，描写任何失意的生活时，都不忘在结尾处给人以光明和鼓舞。这是李白的风采，也是盛唐赋予他的独特面貌。

同样是感叹人生坎坷，世路艰难，南朝诗人鲍照留给后人的就是另一种风格。“泻水置平地，各自东西南北流。人生亦有命，安能行叹复坐愁？酌酒以自宽，举杯断绝歌路难。心非木石岂无感，吞声踯躅不敢言。”（《拟行路难》）鲍照笔下的日子，愁尽苦来，如水置平原恣意流淌，本想举杯消愁，不想更添烦恼。人非草木，孰能无情？不过是忍气吞声不敢多言罢了。鲍照生活在南北朝时期，此时政局动荡，战争频发，满眼乱象。鲍照虽然也叹怀才不遇，恨生不逢时，但他忧虑的不只是个人前途问题，还有对苦难人民的同情。这与李白笔下的“前途渺茫”有着不同的味道。李白“渡黄河，登太行”的远大志向虽一时无法达成，但绝不至于流离失所，故而鲍照就没有李白的那份气定神闲，更没有乘风破浪的自信与乐观。这也是时代精神在他们各自身上留下的烙印。

李白生在天朝大国，作为旷世才子，他最大的委屈也就是抑郁不得志，除此之外，真是满腹豪情。某种意义上，“盛唐”二字已不仅仅指唐朝的某个历史阶段，也可以理解为整个唐代都弥漫着恢宏大气的氛围。而这种精神向度也深深影响了唐代的诗风。

荆卿重虚死，节烈书前史。
我叹方寸心，谁论一时事。
至今易水桥，寒风兮萧萧。
易水流得尽，荆卿名不消。

贾岛《易水怀古》

当年荆轲刺秦，行至易水，高渐离击筑，荆轲慷慨悲歌：“风萧萧兮易水寒，壮士一去兮不复还。”天地愁云，送行之人无不变色。后来荆轲虽不幸失手，但他肝脑涂地的热忱与忠诚，却令后世深深铭记。贾岛在易水畔，想起荆轲的故事，便写了这样一首诗。他说荆轲用自己的节烈书写了历史，也为自己的人生写下光辉的一笔。如今的易水桥上，寒风萧瑟，依然有当年的肃杀之气。易水东流，即便能有流尽的一天，荆轲的声名也必千古流芳，分毫不减。可见贾岛对这份侠义十分推崇。后人读诗熟悉“郊寒岛瘦”，知道贾岛写诗专注，且擅推敲，却不知道贾岛的心里也存着这样一份天地豪情、英雄气度。

大风起，云飞扬，得猛士，安四方。其实在古代文人的理念中，始终持有“齐家治国平天下”的愿望，“为苍生谋福祉”一直都是他们追求的理想。

天覆吾，地载吾，天地生吾有意无。
不然绝粒升天衢，不然鸣珂游帝都。
焉能不贵复不去，空作昂藏一丈夫。
一丈夫兮一丈夫，平生志气是良图。
请君看取百年事，业就扁舟泛五湖。

李泌《长歌行》

这首诗的大意是：天覆盖着我，地承载着我，天地生我应该是有意义的吧。要么不食人间烟火直接得道成仙，要么追求功名利禄去帝都担任更重要的职位。总之，生我应该是有意义的。不然的话，难道让我既得不到富贵功名，也不能修炼当神仙吗？这岂不是令我枉为七尺男儿，愧为大丈夫！大丈夫啊，就是要有志气、有抱负，将平生的理想都放在建功立业之上。各位，可以看看这数百年间的事，我跟那些英雄一样，等到功成身退的时候，就会乘一叶扁舟，云游五湖四海，过自己逍遥快乐的日子！

李泌的理想和春秋时的范蠡相似：治国平天下时，我可以为国为民生死不惧；一旦成就霸业，我反而功成身退，隐姓埋名，过自己隐居的生活。就像汉初的张良，他辅佐刘邦打败了项羽，为汉朝江山的建立巩固立下了汗马功劳。但是，他却不领赏，放弃高官厚禄，跑去寻仙学道，实际上这是另一种隐居的方式。这些人的身上都有共通性：他们并不贪图荣华富贵，也不追求功名利禄，而是怀着“为万世开太平”的心愿，立志成就一番事业。所以李泌说“业就扁舟泛五湖”，一旦实现了人生价值，完成了历史使命，他便要功成身退，再不问世事。

从李白的壮志凌云，到贾岛的易水怀古，还有李泌建功立业后泛舟游湖的心愿，似乎可以看到传统文人身上“安邦定国”的情结。借用《老子》的话，便是：“功遂身退，天之道也。”

常情也动人

草木心声，志士情怀
古往今来皆寂寞
君子之交，手足之情
美景与深情
今夜月明人尽望

草木心声，志士情怀

“世界上并不缺少美，而是缺少发现美的眼睛。”寻常的莲花到了宋代周敦颐的笔下便显出不寻常的风采：“出淤泥而不染，濯清涟而不妖，中通外直，不蔓不枝，香远益清，亭亭净植。”和雍容富贵的牡丹相比，莲的清幽、高洁、雅致和遗世独立的个性，更见细水长流的君子之风。周敦颐将对生命的独特体验融合在其中，表面是赞颂莲的清香，实际却表达了自己“出淤泥而不染”的理想人格。这种“托物言志”的手法正是古人历来所推崇的。

当自然界中的花草树木被赋予了生命和感情，人们就很容易与自然惺惺相惜，休戚与共。哪一朵花正巧绽放了心中的情怀，哪一声虫叫唱出了曾经的忧伤与暧昧，那些潜藏在草木中的声音，似乎与人类的心灵达到了某种共鸣。鸟语花香，是自然界的声响，也是人们心声的外放。

西陆蝉声唱，南冠客思侵。
那堪玄鬓影，来对白头吟。
露重飞难进，风多响易沉。
无人信高洁，谁为表予心。

骆宾王《咏蝉》

这是初唐诗人骆宾王的一首名作。写作此诗的时候，骆宾王因得罪武则天被收监下狱，故而此诗名为《在狱咏蝉》。秋蝉声声，骆宾王在监狱里听得阵阵心寒，一个“客”字意味深长。骆宾王觉得自己本不属于此处，却被关在牢中，所以他把自己当成客人。如此的心境，更禁不住蝉鸣。看到秋蝉黑色的羽翼，想到自己已经白发苍苍，人无两度少年时，自己也曾和秋蝉一样高声鸣唱，可如今却被囚禁在狱中，一事无成。

这里的“白头”语意丰富。汉代卓文君因司马相如移情别恋，写下“愿得一心人，白头不相离”的诗句。骆宾王在此用“白头”，写出了自己不足四十岁鬓发花白的忧虑，也写出了为情所伤的惨痛，可谓一语双关。而这种黑与白的对比，不但令他伤感，也令闻者为之叹息。

第五、六句写的依然是蝉。说露水很重的时候，蝉因为蝉翼沾了秋露，所以没办法振翅高飞；风声呼啸时势力很大，那么小小的秋蝉，再大声的鸣叫也很容易被风声淹没。所以，骆宾王不禁对蝉感叹："浊世昏昏，无人相信你的高洁，除了像我这样的人之外，还有谁能够知道你的心意呢？"此话似在对蝉低语，实则也是在安慰自己。蝉的心事没人知道，难道骆宾王的志向就有人明白吗？由蝉到人，层层递进，最终将蝉的处境与人的心境合在一起。诗作结尾丝毫不见浅浮之意，反而顿挫有力，沉思哀婉，可见功力深厚。

骆宾王写作此诗后不久便被释放。但他出狱后继续反对武则天当政，写下著名的《代李敬业讨武曌檄》，号召天下人群起讨伐武则天。武则天看过他的檄文后，非但不怒，反而大赞其文采斐然，并感叹这样的俊才流落在朝堂之外，甚至成为逆贼，实在是宰相的失职啊！可惜的是，骆宾王投身反叛军，最终兵败身亡。但也有传闻说，他逃到山里隐居，九十岁大寿而终。不管身后传说有多少种，他生前并没有得到重用。当然，若是愿意服从武则天的统治，以骆宾王的才学，自是不必只让秋蝉来听他低吟浅唱的。

但其实“咏蝉”也是一种文学传统。清代沈德潜在《唐诗别裁》里说：“咏蝉者每咏其声，此独尊其品格。”古人常说“餐风饮露”，正是用蝉的清高，传达做人的风骨。而在唐诗中，最早诞生的一首咏蝉诗，不是骆宾王的作品，而是出自虞世南之手。

垂緌饮清露，流响出疏桐。
居高声自远，非是借秋风。

虞世南《蝉》

“緌”是古人帽带下垂，结在下颌的部分，类似于蝉的触须。垂緌是官宦、显赫人士的一种身份象征。第一句的意思是说，蝉垂下帽缨般的触角吸饮清甜的露水。第二句说，蝉长长的鸣叫声从稀疏的梧桐树叶里飘出来，非常响亮。这是什么原因呢？最后两句给了合理的解释：只要身居高位，并不需要借秋风吹送，声音自然可以传得很远。

“登高而招，臂非加长也，而见者远；顺风而呼，声非加疾也，而闻者彰。”虞世南的意思是：一个人志存高远，其人格魅力显著，自然不需要靠权势、地位来树立自己的声望。只要立身高洁，必然声名远播。

这首《蝉》被唐人列为“咏蝉三绝”之一。骆宾王说“露重飞难进，风多响易沉”，是一种不得志的抱怨；而虞世南的“居高声自远，非是借秋风”却显示出淡定的气质、自省的精神。难怪唐太宗称赞虞世南有“五绝”，认为他“德行、忠直、博学、文词、书翰”等方面均是上品。

所谓“诗言志”，正是这个道理。古人咏蝉、咏春、咏梅，其真实意图都不是为了描写单纯的自然，而是将自己的感情投射到大自然的世界里，山川、江流、万物，都奔腾出一种永恒的气度，树木、虫鸟、花草，也都派生出无穷的理想和志趣。比如，岁寒三友“松、竹、梅”是灵魂纯净、人格高尚的代表，“蜡炬成灰”常被用来形容无私的奉献，“落叶归根”则体现了对故乡的眷恋。在这些咏物的作品中，最著名的自然是陶渊明开创的“咏菊”诗。

菊花，没有牡丹的华丽，兰花的名贵，却常常以迎风傲雪之姿态，独得文人的喜爱。

秋丛绕舍似陶家，遍绕篱边日渐斜。

不是花中偏爱菊，此花开尽更无花。

元稹《菊花》

诗人从比喻入手，将菊花与陶渊明的气质迅速对接。

陶渊明说“采菊东篱下，悠然见南山”，静谧的菊花小院是陶渊明隐逸生活的象征，也是他躲避尘世烦恼的栖息之所。元稹说，绕着这个院子走了很久，这里菊花盛开，仿佛是陶渊明的住所，环境非常清雅。太阳已经快要落山了，我还是流连忘返，不忍离去。并不是因为我偏爱菊花，而是因为一旦菊花凋谢，自然界也便没有别的花好欣赏了。只此一句，便点出了元稹爱菊的原因。

菊花历尽风霜，通常是百花中最后凋落的一种。许多温室里的花朵早早凋谢，唯有菊花，可以迎风傲雪，守候最后的绚烂。也因此，在百花凋零的季节，人们会偏爱依然绽放的菊花，欢唱她的风骨，颂扬她的坚强。而元稹在这后凋的菊花中，参悟到的不仅是自然的哲理，还有人生的操守和坚持。

可见，元稹虽是咏菊，却与骆宾王、虞世南他们一样，都是透过对吟咏之物的称颂，来寄托自己内心的理想与感情。“一花一世界，一叶一菩提。”唯有准确捕捉到诗人的真实用意，才能真正解开咏物诗的谜团，打开诗人的内心世界。

古往今来皆寂寞

缅怀古人，追慕先贤，是古典诗歌的传统之一。诗人们通过凭吊旧时人事，感怀当下困境，借以抒发自己的壮志雄心。所以，咏古诗一般的主题都是歌颂贤德之人。比如屈原、贾谊、诸葛亮等人。这些贤臣有一个共性：不管君主如何落魄，如何不济，也不管自己受了怎样的委屈，他们都要誓死陪在君王身边，不离不弃，鞠躬尽瘁，死而后已。所以，后世不但称颂他们的忠贞，也惋惜他们的才华。在唐代咏古诗中，诗人最青睐并不断吟咏的理想人物，就是贾谊。

宣室求贤访逐臣，贾生才调更无伦。

可怜夜半虚前席，不问苍生问鬼神。

李商隐《贾生》

贾谊是西汉初著名文学家，也是政治家，少有才名，深得汉文帝的喜欢。但是由于才能太过突出，因而受到周围人的排挤，贾谊被贬离京，抑郁不得志。几年后，文帝还是很欣赏贾谊的才华，所以就重新起用贾谊，再次征召他入京，李商隐的诗写的正是此事。

宣室是未央宫前殿的正室，因贾谊曾经被贬，所以李商隐称其为“逐臣”。诗的大意是：汉文帝到处寻求贤才，而贾谊的才能无人能及。文帝深夜不眠，移动席子不断靠近贾谊，以便能更密切地探讨问题。那么皇帝如此热衷的问题是什么呢？原来，汉文帝向贾谊请教的，并非天下苍生的大事，而是些怪力乱神的奇谈异闻。

整首诗构思奇妙，描写细致。从“逐臣”“前席”都能看出汉文帝求贤若渴的心情和姿态，而贾谊的才华和观点那更是无与伦比。通过前三句的细腻编织，塑造了“明君与能臣”这样一种君臣关系，令读者脑海中形成了深夜纵论天下大事的错觉。直到最后一句才揭开谜底，悲哀地揭示，皇帝真正感兴趣的并非社稷与黎民。所以，遇到这样的皇帝，李商隐感慨：贾谊才华虽高却无法施展，不能救济苍生万民，只能回答皇帝所关心的一些鬼神问题。

表面上，李商隐嘲笑的是汉文帝，实际上他是讽刺晚唐许多皇帝求仙问道，不顾民生，不用贤才。生在这样的时代，不管有怎样的大鹏展翅的期待，建功立业的梦想，都是没办法实现的。与其说李商隐在怜惜贾谊，不如说他在顾影自怜，哀痛自己的“怀才不遇”。这也是诗人们常常选择那些符合自己理想的人物来进行赞颂的一个重要原因。唯有理想暗合，才能更好地抒发自己的情感。

比如，杜甫选择的吟颂对象，便是诸葛亮。

丞相祠堂何处寻，锦官城外柏森森。
映阶碧草自春色，隔叶黄鹂空好音。
三顾频烦天下计，两朝开济老臣心。
出师未捷身先死，长使英雄泪满襟。

杜甫《蜀相》

到哪儿去找武侯诸葛亮的祠堂呢？只有到城外柏树茂密的地方去找。柏树森森，既显庄严，也见静谧，符合武侯的身份和气度。台阶上，碧草深深，只有黄鹂在树上兀自鸣叫。当年，刘备三顾茅庐请诸葛亮出山救济苍生，卧龙先生未出茅庐已预见到天下三分的局势，可谓“雄才大略”。作为开国元老，承业贤臣，诸葛亮一生辅佐君王，鞠躬尽瘁，忠肝义胆。可惜的是，出师尚未成功却病死军中，以至于后世英雄每每提起，都替他悲哀，涕泪满衣襟。

杜甫写此诗的时候，安史之乱尚未平息，在江山社稷风雨飘摇的时候，杜甫想起了曾经披肝沥胆的蜀相：当年的功勋已经被历史磨灭，丞相祠堂荒草丛生，柏树阴森，还有谁会在意呢？另一层深意就是，还有几个人记得丞相的功劳呢？所以最后两句尤其感人。

宋代爱国将领宗泽因无法杀敌报国收复失地，愤懑成疾，临终时不断吟诵这句“出师未捷身先死，长使英雄泪满襟”，足见杜甫这首诗感人之深，影响之远。

在这类咏古诗中，诗人在称颂古代人物的同时，也表达了自己的心愿和心声，在慨叹他们命途多舛、生不逢时之际，也抒发了自己对现世的情怀。所以，后人在吟诵这些篇章的时候，不仅想起诸葛亮，也感叹起杜甫，会产生双重的悲伤和同情，也会对前后两个时代有清晰的比较和深刻的印证。

当然，吟咏诸葛亮的诗人并不多，唐代咏古诗中热度最高的人物，除了之前提到的贾谊，还有一位便是王昭君。

王昭君位列中国古代四大美女之一，在汉元帝的时候被选进宫里。但那个时候皇帝一般不直接召见待选后宫佳丽，而是让画师给这些女子画像，凭画像上的模样评判美丑，决定是否宠幸此人。很多女子为了争取见到皇上就给画师行贿，希望画师能把自己画得漂亮一点。王昭君自恃貌美，所以就没给画师行贿，结果被画师画得很丑，进宫几年始终都没机会见到皇上。正赶上有一次匈奴单于来朝拜汉朝，汉元帝为了显示邦交友好，就决定选五名宫女嫁给他。王昭君觉得自己进宫几年都没见过皇上，心里很委屈，一时生气就主动提出要远嫁匈奴，做和亲的“使者”。

按照当时的礼节，待嫁匈奴单于的女子临行时，要接受汉天子的赐宴。

结果，昭君一出场，美貌无双，靓绝天下。汉元帝当时就后悔了：“这么漂亮的美女，我怎么从来没见过啊？！”心下万般不舍。但身为国君，一言九鼎，也没法收回啊，只能忍痛割爱了。所以，昭君还是被嫁给了单于，后来死在了匈奴。

后世大多称赞王昭君大义凛然，将家国大义放在个人情爱之上，将中原文化带到了匈奴，将和平与安定还给了汉朝。但实际上，对昭君本人来说，那么多年在汉宫的“怀才不遇”是人生的大不幸。所以李白对这个故事非常感慨，写了一首很著名的诗：

汉家秦地月，流影照明妃。

一上玉关道，天涯去不归。

汉月还从东海出，明妃西嫁无来日。

燕支长寒雪作花，蛾眉憔悴没胡沙。

生乏黄金枉图画，死留青冢使人嗟。

李白《王昭君》

面对昭君远嫁，李白不禁感叹：长安附近，月光如流水一般倾泻在明妃的身上，一步走上这玉门关，从此天涯路远，有去无还。汉代的月亮依然日日从东海升起，但明妃西嫁，却永远也没有再回汉地的可能。燕支山常年严寒，只有将雪花当作鲜花了。而那倾国倾城的美人昭君，也只能渐渐憔悴，并最终埋没在胡地的风沙中。活着的时候，昭君没有拿黄金送给画师，死后只能留下一堆青冢令人叹息。

李白在昭君的身世中看到了自己的悲哀，“士为知己者死，女为悦己者容”。昭君天生丽质却没能被天子赏识而被贬冷宫，跟满腹经纶却不被重用的李白，有着极其相似的悲剧。李白吟咏昭君的痛苦，也深深地叹息自己的失望。诗作全篇都是感伤，既是惋惜昭君的命运，又何尝不是自怜“怀才不遇”。

然而纵观唐代历史，从唐朝开国到安史之乱爆发前，唐朝的发展可谓是顺风顺水。杜甫有诗云：“稻米流脂粟米白，公私仓廪俱丰实。”可见国运亨通，人们衣食无忧。而科举考试的大力推广，也令寒门出身的才俊有了走上仕途的机会。尤其是对文艺的重视，更是达到了历代所没有的高度；上自皇帝，下至盗匪，都对唐代诗人尊敬有度，礼遇有佳。

即便如此，唐代很多诗人依然会有“壮志难酬”的伤感，就连唐代顶尖级诗人李白、杜甫他们对此也无法释怀。究其原因，应该是因为自己的人生期待无法充分实现而产生的巨大心理落差。而唯一能填补这份失落的就是咏古诗，借由前人的故事，慰藉自己伤感落寞的内心。

古今如此，何须执意。

君子之交，手足之情

人们常根据自身的需求来定义“朋友”的概念。有人喜欢结伴吃喝玩乐，有人偏重利益关系往来，有人希望秉持共同理想与追求。大千世界气象万千，朋友自然也是各有不同。总体上说，从朋友的选择这件事中，能看出一个人的性格、学养和气度。“同心为朋，同志为友”，能否志同道合显得非常重要。因为择友要求高，所以朋友间的感情非常深挚。

先看一首送别朋友的诗。

故人西辞黄鹤楼，烟花三月下扬州。
孤帆远影碧空尽，唯见长江天际流。

李白《送孟浩然之广陵》

一种说法是这首诗写于李白和孟浩然的第一次相遇，另一种说法是，李白和孟浩然早在几年前就相遇了，二人赞赏彼此的才华，惺惺相惜，引为知己。此番重逢，是李白得知孟浩然要去广陵，所以相约在黄鹤楼，互诉衷肠。

在这首诗中，李白的感情含蓄又深厚，他说孟浩然就要去广陵了，我看着他离开黄鹤楼，在这春光烂漫的三月乘船远航。那孤独的船帆已经渐渐消失在云海蓝天之中，唯有无尽的江水翻滚着流向天边。

孟浩然已经走了，但李白依然伫立在楼上眺望。滔滔江水，股股真情，绵延不绝。这首诗虽然没有直接写离愁，但那不忍朋友离去的孤寂，对朋友的眷恋，却被衬托得淋漓尽致。

李白对孟浩然的喜爱众所周知，他写了很多诗送给孟浩然：

吾爱孟夫子，风流天下闻。
红颜弃轩冕，白首卧松云。
醉月频中圣，迷花不事君。
高山安可仰，徒此揖清芬。

李白《赠孟浩然》

李白对孟浩然的感情，在这首诗里似乎得到了充分的展示。开篇起笔，李白就剖白了自己的心意：“我喜欢孟浩然，他的风流潇洒，天下皆知。”接着，李白解释了自己如此喜欢孟浩然的原因。他说孟浩然很年轻的时候就放弃了仕途，到老年更是卧在松林之间开怀畅饮。孟浩然不愿意侍奉君王，只迷恋花草，懂得生活的乐趣。如此，一位醉卧林泉、孤高自傲且随性潇洒的诗人形象就被确立起来了。但只有这一层似乎还不够，李白在开篇点题，渲染铺叙后，再次直抒胸臆，将对孟浩然的仰慕推到了极致。他说孟浩然的美德高山仰止，简直犹如清香的花朵般可以自然地散发出迷人的芬芳，所以呢，他对孟浩然的品格唯有致以最高的敬意。

这里有个值得注意的问题：李白一生积极入世，为什么却对安贫乐道的孟浩然“情有独钟”呢？

想读懂李白诗作里的复杂情绪，首先要了解李白的性格。

李白生性浪漫自由，无拘无束，他虽然表现出了对“功名”的热衷，但实际上真正热衷的不是功名利禄，而是建功立业。李白非常崇拜范蠡、张良这类人，一方面，他们能够在国家危难时挺身而出成就大业，另一方面，他们也懂得功成名就时退出尘世的纷争，远离权力的争斗，做一个真正全身而退的隐者。基于这种理想，李白始终对自由的田园生活充满向往。而孟浩然早年也曾求取功名，但不第后便欣然隐居，且终身不再出仕。同时，孟浩然以布衣终老却名闻天下，才学和修养皆为上品。这样的经历和名望，恰好符合李白对成就理想后罢弃功名的自我期待。所以，李白始终对孟浩然怀有仰慕之意。

因为李白择友的标准较高，所以他对朋友的感情非常真挚，不管是权贵还是布衣，不管是升官还是被贬谪，只要是李白认定的朋友，都能得到他的真心相待。

杨花落尽子规啼，闻道龙标过五溪。

我寄愁心与明月，随君直到夜郎西。

李白《闻王昌龄左迁龙标遥有此寄》

李白在外漫游时，听说王昌龄被贬官了，所以立刻写下这首七绝送给好友，寄上自己的慰问之情。

“杨花已经落尽了，杜鹃却在不断地哀啼。”好友被贬的消息，让本就凄凉的暮春显得越发哀怨。“我听说你遭到了贬官，要去扬州了，路上要经过五道溪水（辰溪、酉溪、巫溪、武溪、沅溪）。”唐代时，湘黔交界处被看作是蛮荒的不毛之地。如此情景，耳边是杜鹃的悲啼，眼前是飘落的杨花，诗人多情敏感的心与周围的景物交织在一起，想到远方好友即将面临的恶劣生活，更是备极惆怅。既然不能送别，“只能将我对你的担忧和思念都寄托给明月了，让明月带着我的这些感情和心意，陪伴你一直走到夜郎（地名）以西吧”。

王昌龄此番左迁，据说并无大过，只是因为生活细节而被人毁谤，也有说是因为他恃才傲物得罪了同僚，故而遭排挤。所以王昌龄曾写下“洛阳亲友如相问，一片冰心在玉壶”的诗句以示清白。但不管哪种说法，升迁贬谪，起伏成败，都是仕途乃至人生的常态。一个人顺风顺水一切尽如人意时，也许并不需要朋友太多的鼓励和安慰；可是，当一个人遭遇失败或失意时，朋友的鼓励就会显得尤其重要。几乎所有人都希望在自己遇到困难时能有朋友风雨同舟，却鲜少有人思考，该用什么样的感情来保持最初的相知。所以李白对王昌龄的理解与守望，可说是雪中送炭，弥足珍贵。

李白一生蔑视权贵，对孟浩然的布衣身份、王昌龄的遭贬官并不介怀。在他的心里，朋友的志向与情操，远比朋友的身份和地位重要。也正是李白的至诚与长情，令他同样收获了珍贵的友谊。

凉风起天末，君子意如何。
鸿雁几时到，江湖秋水多。
文章憎命达，魑魅喜人过。
应共冤魂语，投诗赠汨罗。

杜甫《天末怀李白》

安史之乱后，李白误判政治形势，追随后被定性为叛乱的永王，结果兵败入狱，被判长流夜郎。杜甫得知此事，写下了这首怀念友人的诗作。全诗笼罩在愁云惨淡的秋色中，先写秋风，再说秋水，谈文人的命运，也痛惜好友的经历。在李白被流放期间，杜甫写了很多怀念李白的诗作。他说屈原品德高洁却被放逐，最后在悲愤中自沉殉国，乃千古奇冤。在杜甫眼里，李白受到的屈辱和愤懑堪比屈原，恐怕只能写诗投进汨罗江了。言外之意，只有屈原才能懂得李白的遭遇。得此知己，夫复何求！

闻一多先生曾评价李白与杜甫的相遇，就如晴天时行走的太阳遇到了月亮。可见这份友谊该有多么可贵。陶渊明说："落地为兄弟，何必骨肉亲。"世间所有真心相待，怕是都有此番滋味吧。

唐诗中，涉及"朋友"这一主题的诗作数量巨大。而唐代诗人"珍惜友谊，善待朋友"的美名，也就这样被传诵下来了。

美景与深情

“采菊东篱下，悠然见南山。”东晋诗人陶渊明开创的田园诗派，题材多以村野景致、乡居生活以及农人劳作为主。到了唐代，尤其是盛唐期间，这种“田园诗”呈现出全面发展的蓬勃态势，为隐居不仕的文人和从官场退居乡间的官宦们提供了宝贵的创作资源。

桃红复含宿雨，柳绿更带朝烟。
花落家童未扫，莺啼山客犹眠。

王维《田园乐》

这是王维的一首小诗，直接取名为《田园乐》。

红红的桃花上还含着昨夜的雨露，绿色的柳条上也沾满了清晨的烟雾。落花满园，家童还没来得及清扫，黄莺在清脆地啼叫，山客还在睡梦中酣眠。

在王维的这首诗中，田园生活的美丽画卷徐徐展开。早春，低低的雾霭夹杂着氤氲的水汽。清晨，凝霜含雾，昨夜被春雨打落的花瓣散落在院中。雨后乡村的田园显得生意盎然，空气清朗。粉红的桃花，碧绿的柳条，一切都带着春天的气息。夜雨催花，落英满园，寂静的清晨里滑过黄莺的欢叫，一切又都消融在羁客甜美的梦境中。所谓“诗中有画，画中有诗”当作如是观。

王维被后世誉为“诗佛”，因为他常站在世俗拐角处，用佛学的理念来弥合“官与隐”之间的缝隙，更充分地发掘出田园的乐趣。也因为远离官场的钩心斗角、市井的凡俗喧嚣，他更容易接触乡间农人的朴实情感，更愿意亲近自然山水和四季更迭的美景，更喜爱乡居田间的野趣。他兴趣盎然地建造了属于自己的“人间乐园”，同时又以大量的田园诗作，记录了自己“世外桃源”般的生活。

斜光照墟落，穷巷牛羊归。

野老念牧童，倚杖候荆扉。

雉雊麦苗秀，蚕眠桑叶稀。

田夫荷锄至，相见语依依。

即此羡闲逸，怅然吟式微。

王维《渭川田家》

夕阳晚照映红了村落，放牧的牛羊也纷纷走进村巷。老人惦念着放牧的孩子，拄着拐杖，倚着门扉，等着他们回来。野鸡的鸣叫声中，小麦即将抽穗。吃饱了桑叶的蚕也开始渐渐休眠。荷锄归来的农夫们彼此寒暄，悠游地聊着家常。一切都被夕阳镀上了金色。在这醉人的金色中，在这美好的景致前，诗人禁不住羡慕起农村生活的舒心与悠闲，体会到一种超脱官场的宁静与安详。此情此景，令王维忽然想起《式微》。

《式微》乃《诗经》中的名篇，“式微，式微，胡不归？”意思就是：天黑了，天黑了，怎么还不回家？于是有评论说王维的这首诗表现了他的退隐精神。

但纵观王维一生，他厌恶官场却又不能决然而去，留恋田园却不能弃绝功名利禄，所以始终过着半官半隐的生活。游刃在官场，却能守住内心的宁静；纵横于江湖，亦同样心系隐逸生活。或许这才是王维最喜欢的心之乐园。

田园之美，不但感染打动了王维、孟浩然这些本就喜山乐水的诗人，就连诗风一向沉郁顿挫的大诗人杜甫，也愿意将身心安放在田园的美景中，感受那份真实与生动。

黄四娘家花满蹊，千朵万朵压枝低。
留连戏蝶时时舞，自在娇莺恰恰啼。

杜甫《江畔独步寻花·其六》

杜甫的大部分诗歌，都凝结着浓重的哀愁，所以后世常觉得他“苦大仇深”。倒是这首小诗，笔调轻快流畅，一洗往日的愁怨形象。

彼时的杜甫已在成都浣花溪畔建了一座草堂作为安身之地。经历了颠沛流离后，他更加珍惜这份来之不易的安定。他在江畔散步、赏花，看春天蓬蓬勃勃地降临，那份春暖花开的喜悦也在字里行间不断迸发出来，成就了这首著名的诗篇。

黄四娘家盛开的花朵遮满了小路，千万朵花奋力绽放把树枝压得很低。彩蝶留恋花朵的芬芳，在花间飞舞，自在可爱娇嫩的黄莺在“恰恰”地欢快啼叫着。春天里，繁花似锦，蝶舞莺啼，景色美不胜收，田园风光带来的快乐不言而喻。

但乡居田园，最动人的不单是看不够的美景，还有诉不尽的乡情。

舍南舍北皆春水，但见群鸥日日来。

花径不曾缘客扫，蓬门今始为君开。

盘飧市远无兼味，樽酒家贫只旧醅。

肯与邻翁相对饮，隔篱呼取尽余杯。

杜甫《客至》

杜甫说：在我茅舍的南北两侧都涨满了春水，鸥群整日飞来飞去，环境幽雅静谧。我的花径已经很长时间没有清扫过了，落花无数，却不曾有客来临。今天听说朋友要过来，紧闭的大门也将因之而大开，酣畅淋漓的快意挥洒自如。等朋友来后，又可见到杜甫频频劝酒：自己家离菜市场太远，只能吃点简单的饭菜；买不起太昂贵的酒，也就只能喝点隔年的陈酒。虽不阔绰，但这待客的热情直率与家中无新酒的愧疚，都显得十分纯朴而可贵。

最有意思的是，大诗人与朋友对饮，酒逢酣处，想到隔壁老翁，于是隔着篱笆高喊：我的朋友来了，你也过来一起喝酒啊！诗作至此戛然而止，虽然没有写后面的欢闹，但料定会比杜甫停笔时的场面更为热烈欢腾。邻里间真挚的乡情也得以充分展现。

杜甫这种隔着篱笆招呼邻居饮酒的乐趣，现代人恐怕很难体会。现在没有青山绿树的陪伴，更休提落花满园的情致。一扇扇加固的防盗门，隔开了距离，阻断了交流。在新兴的陌生化社会中，周围邻居姓甚名谁尚且不知，何谈举杯共饮。古人的田园生活，彼此不设防，村舍虽不豪华，酒席也未必丰厚，但能如杜甫那样呼朋引伴，举杯畅饮，也称得上是赏心乐事了。而在描写质朴的田园生活中，孟浩然的诗也是不容忽视的。

故人具鸡黍，邀我至田家。
绿树村边合，青山郭外斜。
开轩面场圃，把酒话桑麻。
待到重阳日，还来就菊花。

孟浩然《过故人庄》

当老朋友准备好了饭菜，便邀请孟浩然到他家做客。朴实的农家坐落在青山绿树之中，整个村子犹如被绿树环抱，郊外的山上苍松翠柏，一片碧绿。打开窗子，映入眼帘的就是打谷场和菜园子，孟浩然和朋友边喝酒边讨论家长里短的琐事。宴罢归家，还依依不舍，相约重阳时再到这里赏菊饮酒，倾诉人生的酸甜苦辣。

这首诗写得很平淡，没有亭台楼阁的典雅，也没有奇花异草的神秘，甚至连山珍野味都没有，不过是吃些黄米饭和普通鸡肉。但就是如此普通的农家小院，外面是菜园、谷场，朋友家和邻居家的小孩子们在房前屋后跑来跑去，嬉笑欢闹。孟浩然开怀畅饮，与朋友聊着庄稼的收成、农村的生活。

粗茶淡饭并不打紧，重要的是与朋友相聚。时间长河里汩汩流淌着彼此的情谊。小时候爬过同一座山，游过同一条河，在同一个池子里洗过墨……绵长的光阴里，不断展开的是田园生活之外岁月赐予的快乐。所以，虽然这只是一幅普通的农家景象图，但因为这份朴素而显得格外令人动情。

田园风光总是有限的，无外乎春天的碧绿、秋天的金黄，但田园的情谊却可以无限延展，是高呼邻居喝酒作陪的豪爽，也是平凡生活中每一次温暖的相聚。田园诗歌长久的魅力正在于此。

今夜月明人尽望

古典文学的书写中，最遥远又最熟悉、最浪漫也最美好、最优雅却最清冷的存在，便是明月。骄阳散尽余晖后，清澈如水的月色便流淌进人间。日里的喧嚣热闹就此沉寂，团聚的家人在院中或窗下围坐赏月，饮茶吃果，谈古论今。所以月亮一直是团圆的象征。

但月亮也会变化。有时变化形态，有满月，也有弯月，像尘世的相聚或离别。有时变换地点，能隐没在边关大漠中，也能吊挂在红楼绿窗前，为所有相思的人儿穿针引线。于是，人们通过天地同光的月色，共赏人间这片美好，传达彼此深挚的思念。

海上生明月，天涯共此时。

情人怨遥夜，竟夕起相思。

灭烛怜光满，披衣觉露滋。

不堪盈手赠，还寝梦佳期。

张九龄《望月怀远》

唐代诗歌可谓繁星闪烁，无论是佳句还是佳篇，能流传千年至今仍令人们耳熟能详的，细品起来都有绝妙之处。比如张九龄的这首诗，开篇只用了十个字，就奠定了开阔的意境、永恒的美感。“辽阔无边的大海上升起一轮明月，想到远方的亲人，此时虽然远隔天涯，却能共赏同一轮明月。”这两句诗，言简意赅，意境开阔，意蕴无穷，只用最简约的诗句便概括了全诗的基调，显出古朴醇厚的诗歌之美，确属难得。此时的张九龄受李林甫排挤已被罢相、贬官，远离亲人。对他来说，一轮明月，千里相思，也算是种寄托吧。

接着，诗人详述思念。“情人”，是指诗人自己乃是多情之人。“情人怨遥夜”是说诗人因为思念亲友，辗转难眠，不由得抱怨长夜漫漫，将相思也慢慢拉长，所以诗人整夜都在经历思念的煎熬。诗人吹灭了蜡烛，却发现月光依旧满满地铺在房间里，这撩人的月色是吹不灭的。披衣而起，在庭院里徘徊，露水打湿了衣衫，才觉出更深露寒。可惜啊，这么好的月光，我却不能亲手捧到你面前送给你。算了吧，还不如回到屋里睡觉去，希望能做个美梦，以期与你在梦中相聚。全诗纯净自然，又不失真挚情感，那种辗转反侧和孤枕难眠的情绪，在结尾处依然环绕，余味无穷。

“人有悲欢离合，月有阴晴圆缺，此事古难全。”虽说明知月不长圆，但诗人们依然怀着美好的希望，期盼着夜夜人圆。

今夜鄜州月，闺中只独看。
遥怜小儿女，未解忆长安。
香雾云鬟湿，清辉玉臂寒。
何时倚虚幌，双照泪痕干。

杜甫《月夜》

写这首诗的时候，适逢安史之乱爆发，叛军攻入潼关，杜甫携家小避难。后来杜甫听说唐肃宗即位，打算为国效力，帮皇帝平定叛乱，于是赶去助阵。不料，刚启程就被叛军抓住，囚禁在长安。明月当空，杜甫思念起自己的家人，于是写下了这首感人至深的名篇。

诗作起笔，杜甫没有写自己被困在长安的情景，而是穿越时空，想到此时正在鄜州的妻子。明月皎皎，她独自坐在闺中，想必也是在思念自己吧。可惜的是，幼小又不懂事的儿女们，天真烂漫，根本不懂何为思念，更别说惦记远在长安的父亲了。夜深不能寐，只有妻子一个人孤独地望着月亮思念着我。缓缓弥散的雾气渐渐打湿了她的云鬟，清凉的月光也冷冷地照射在她的玉臂上。一轮月，两地情，何时才能结束这痛苦的生活，倚着窗前的幔帐共赏明月呢？到时候，我们也便不用再对月垂泪了！

为什么月色能给人如此多的情思呢？一是关于月宫的神话非常浪漫，但又很凄凉。“嫦娥应悔偷灵药，碧海青天夜夜心。”广寒宫幽僻清冷，嫦娥是否也与离家的远人一样，饱尝孤寂之苦？二是月亮的圆缺变化正对应了人世的聚散。聚也匆匆，散也匆匆，谁不是匆匆忙忙，来来往往，就像月亮圆了又缺，缺了又圆？三是月光亘古不变，人生充满无常。“今人不见古时月，今月曾经照古人。古人今人若流水，共看明月皆如此。”（《把酒问月》）这是李白对“月与人”的思考，也是对“永恒与无常”的感叹。今天的人已经看不到古时的明月，而今大的月亮却曾经照耀过古人。古人和今人，不管多么鲜活的生命，最后都像流水般流逝了。但他们都曾对月感伤，望月怀远，或许也都曾在月下有过同样的追问。历史的背景不断变换，但人们心中的情意却永远相通。千古情思，终究抵不过一束皎洁的月光。

虽说李白对“月照人间”有着深刻的理解，但将“明月”这一意象演化到古今诗歌高峰的，却是比李白出生更早的张若虚。张若虚是开元年间著名的“吴中四士”之一，至今存诗仅有两首，其中《春江花月夜》以“孤篇盖全唐”的美誉传唱千古，被闻一多赞为“诗中的诗，顶峰上的顶峰”。

春江潮水连海平，海上明月共潮生。
滟滟随波千万里，何处春江无月明！
江流宛转绕芳甸，月照花林皆似霰。
空里流霜不觉飞，汀上白沙看不见。
江天一色无纤尘，皎皎空中孤月轮。
江畔何人初见月？江月何年初照人？
人生代代无穷已，江月年年只相似。
不知江月待何人，但见长江送流水。

张若虚《春江花月夜》节选

这首诗包含了“春、江、花、月、夜”五种景色，这五种意象都包含了自然的循环往复与人世的更迭：轮回的春天，流动的江水，花落花开，光耀古今的明月，永恒降临的夜色。张若虚通过对这一系列景色的描摹，指出“人生代代无穷已，江月年年只相似”。不知道江月在等待谁，却能看见滚滚长江送流水，代代不绝。日更日，年复年，这江水、月色都依然清新如昨，可那些曾经对月长叹、对花流泪的诗人，却已经长存在历史的遗迹中。唯有那月亮，阴了又晴，缺了又圆，携着千年的情思，依旧盘桓在如今的夜空。

王建有诗云：“今夜月明人尽望，不知秋思落谁家。”

今晚月色皎洁，人人都望着明月，只是不知道这惆怅的秋思会落在谁家庭院里，心头上，笔墨下……

旧时光的沧桑

年年花开，岁岁雁回
最美是春华
唯见秋心不见愁
黄昏之美
不负好时光

年年花开，岁岁雁回

“洗手的时候，日子从水盆里过去；吃饭的时候，日子从饭碗里过去；默默时，便从凝然的双眼前过去。我觉察他去的匆匆了，伸出手遮挽时，他又从遮挽着的手边过去，天黑时，我躺在床上，他便伶伶俐俐地从我身上跨过，从我脚边飞去了。”朱自清这段轻盈的文字看似不着闲愁，实则饱含了对时光匆匆而去的惆怅。

时间像一条无尽的铁轨，来自遥远的过去，通向更遥远的未来，漫无边际地铺展在每个人的眼前。人们在这无边无际的时间旅程里，截取一段光阴，度过一段人生。“神龟虽寿，犹有竟时；腾蛇乘雾，终为土灰。”不管是否承认，能否接受，或如何看待，时光都如滔滔江水般一去不复返，留下数不清的划痕。

洛阳城东桃李花，飞来飞去落谁家？
洛阳女儿惜颜色，坐见落花长叹息。
今年花落颜色改，明年花开复谁在？
已见松柏摧为薪，更闻桑田变成海。
古人无复洛城东，今人还对落花风。
年年岁岁花相似，岁岁年年人不同。
寄言全盛红颜子，应怜半死白头翁。
此翁白头真可怜，伊昔红颜美少年。
公子王孙芳树下，清歌妙舞落花前。
光禄池台文锦绣，将军楼阁画神仙。
一朝卧病无相识，三春行乐在谁边？
宛转蛾眉能几时？须臾鹤发乱如丝。
但看古来歌舞地，唯有黄昏鸟雀悲。

刘希夷《代悲白头翁》

洛阳城东开满了桃花与李花，随风飘荡，飞来飞去，不知道落在了谁家？洛阳的女子容貌娇美，看到桃李花落很是感慨，所以发出长长的叹息。她感慨：今年花朵褪色凋零虽然被她看到了，但明年桃李发新枝、长新芽，不知道那时欣赏繁花似锦的人又会是谁？随着时间的推移，那些曾经挺拔的松柏后来被砍作薪柴，那些高山陆地也被移除变为汪洋大海。大自然的鬼斧神工能改变一切。星移斗转，万千变幻。“人事有代谢，往来成古今。”古人已经不会再经过洛阳城东了，更不会慨叹洛阳城东的桃李花；而今天的人却依然在对着风中落花伤感。为什么伤感呢？因为——年年月月，都是同样的花开花落；月月年年，赏花的人却早已各不相同。

这首《代悲白头翁》中最著名的诗句便是：“年年岁岁花相似，岁岁年年人不同。”推杯换盏之际，哀伤落寞之时，人们似乎总能想起这句诗并轻轻吟诵。一是因为由花及人，诗句对仗工整，而且意境流畅，艺术感染力强。二是因为这句诗包含了“自然的恒常”与“人生的无常”这一包含矛盾性与审美性的对比，含义丰富，哲思深远。同时，这句广为传颂的佳句也算是对全诗前半部分的总结：从叹息春光易逝到感慨红颜易老。

诗的后半段写的主要是白头翁的人生经历。说这位白头翁也曾是一位翩翩美少年。那时候，他常跟公子王孙在一同玩乐，轻歌曼舞，树下花前。他也曾像历史上那些奢靡的权贵般经历过富贵的生活。但一朝卧病在床就无人理睬了，曾经的三春行乐、欢歌艳舞，如今又到哪里去了呢？

这句“三春行乐在谁边”仿佛是疑问，其实包含了伤感的答案。因为它不仅是白头老翁感慨无人问津的凄凉，也跟前半段洛阳女子看到春花凋落时的感怀相通。“明年花开复谁在”，明年花开的时候，谁欣赏繁花似锦的春天呢？从洛阳女子到白头老翁，以前后发问的方式彼此呼应，更好地凸显了主题。“宛转蛾眉能几时？须臾鹤发乱如丝。”曾经明眸皓齿好颜色的少女，终会变成无人理睬的白发蓬乱的衰妇，而且这种变化对于人生来说，不过是须臾之间的事。俗语说：“年轻莫笑白头翁，花开花谢几日红。”春光易逝，红颜易老，短暂的人生里，没有什么能够永存。最后一句“但看古来歌舞地，唯有黄昏鸟雀悲”，更是加重了全诗悲伤的气氛：且看古往今来曾繁华喧闹、歌舞欢宴的场所，到如今怎么样了呢？不过就剩下几只雀鸟在黄昏的暮色中空自悲鸣。从个体时间的流逝，延伸到历史兴衰的感叹，再以“悲”字结束全诗，可谓幽怨哀婉至极。

刘希夷的《代悲白头翁》全诗弥漫着淡淡的哀愁，以“红颜”与“白头”相对，从“春光易逝”推演出无限宽广的世界观：宇宙恒久，而人世无常。其中“年年岁岁花相似，岁岁年年人不同”则更是对这一自然规律进行了深刻的总结。按《大唐新语》的说法，这句诗征兆不祥，所以刘希夷写作此诗不到一年就被人害死了，实为“一语成谶”。另有传闻，说刘希夷的舅舅宋之问非常喜欢这两句诗，跟刘希夷商量能不能将这两句的“版权”让渡给自己，结果被刘希夷断然拒绝。宋之问因此怀恨在心，于是派人将外甥害死。无论传说是否属实，当鲜花再次盛开时，写诗的人已不幸亡故，不禁令人感叹，“年年花相似，岁岁人不同”！

《庄子·外篇·知北游》云：“人生天地之间，若白驹之过郤，忽然而已。”和浩渺的宇宙、无穷的时空相比，人的生命微如一粒尘埃。但恰恰因为这份短暂，人们才能在悲欢离合的背后，透过经典的诗句，体会自然的博大与恒常，感悟人生的短暂与无奈，进而对时间产生深深的敬畏与珍惜。无论是关于个体的生死还是历史的兴衰，唐代诗人在诗作中表现出的都是关于“时光”的哲思。

“山川满目泪沾衣，富贵荣华能几时。不见只今汾水上，唯有年年秋雁飞。”（李峤《汾阴行》）据说这四句诗曾唱到令唐玄宗落泪，直夸李峤是真才子。

秋雁年年飞，繁花岁岁开。万物恒长，奈何人生短暂。唯有诗人们拼尽生命写下的泛黄诗句，能穿越千年，闪耀着永恒的光辉。

最美是春华

诗家清景在新春，绿柳才黄半未匀。

若待上林花似锦，出门俱是看花人。

杨巨源《城东早春》

诗人最爱的便是早春。一是因为空气清新，带着春回大地的勃勃生机；二是因为万物萌发，所有的枝杈芽叶都刚刚露出头角，最易勾起诗情。杨巨源毫不掩饰对早春的喜爱——清新的景色，宜人的新春，绿柳初萌，露出嫩黄色的柳芽，而这鲜嫩的柳芽还未能均匀地遍布柳身，只稀疏地点缀在早春里。

春寒未退，百花未开，诗人为什么喜欢春天初露的萌态呢？诗人给出的答案是：如果等到上林苑繁花似锦时，那么京城将会挤满看花的人！为什么花团锦簇时，会有那么多人来看花呢？原来，唐朝时进士及第的人有在长安城看花的习俗。那么，繁花满地时，爱花的人自是前来赏花，那些载誉而归的科场新贵自然也都来看花，所以到时“俱是看花人”。

理解到这层，就能明白诗人喜爱早春的“言外之意”了。那些已经誉满枝头的人才固然是国家的栋梁，而那些新柳中的嫩芽，也是值得重视和提拔的，更应格外珍惜。可见，诗人描写春天，并非只是欣赏桃红柳绿的风景，而是在春色中注入了“惜春”的情感。

四季中的春，短暂而又美好，稍纵即逝，所以许多诗人爱春、惜春，也愿意邀三两好友共度春光，既能心旷神怡观春色，又能诗文唱和酬知己，确为一件乐事。韩愈就特别喜欢邀请朋友出来春游，游玩结束还喜欢写诗送给朋友。

长庆二年（822年）早春，韩愈邀请两位朋友出来春游，一位是张籍，一位是白居易，都是有名的诗人。那年早春的某一天，自清晨就阴沉的天气，直到傍晚才转晴。韩愈看天气甚好，于是邀张员外和白舍人一起来赏春。结果张籍来了，白居易事务繁忙，又推说道路泥泞，未赴约。跟张籍赏春后，韩愈就给白居易写了首诗：

漠漠轻阴晚自开，青天白日映楼台。

曲江水满花千树，有底忙时不肯来。

韩愈《同水部张员外籍曲江春游寄白二十二舍人》

“漠漠轻阴”，指天气阴沉，淡淡的阴沉之气傍晚才消散开。“青天白日”，指天气晴朗，朗朗白日映照着亭台楼阁。曲江里的春水涨起来了，岸上繁花千树，争吐春色，绿树红花映在满涨的江水中，摇曳生姿，春风过处，碧波荡漾，美得令人心醉。白舍人你到底有什么事忙着不肯来呢?

诗人对朋友爽约心存失落，但笔底的景色却清新如洗，温润如画。那种惋惜白居易错失春光的遗憾也表露得非常委婉。白居易时任中书舍人，确实公务繁忙。但韩愈此时已官近吏部侍郎，管理的事情比白居易还多，所以韩愈觉得很可惜，这么美的春天你白居易不过来一起享受，实在辜负了好时光。

长庆三年（823年）早春，韩愈又约张籍出来赏春，张籍以事务繁杂且年事已高为由，没来赴约。韩愈照例写诗一首：

天街小雨润如酥，草色遥看近却无。

最是一年春好处，绝胜烟柳满皇都。

韩愈《早春呈水部张十八员外》

这首诗风格清新，有著名的诗句“最是一年春好处”。意思是说：早春的小雨和草色，比晚春时绿柳满城好看多了。言外之意，惋惜张籍未能欣赏早春的风景。

但晚春风光，韩愈就不喜欢了吗？

回溯到元和十二年（817 年）左右，韩愈就写过关于“晚春”的诗作：

草树知春不久归，百般红紫斗芳菲。
杨花榆荚无才思，惟解漫天作雪飞。

韩愈《晚春》

诗的大意非常简单：花草树木知道春天不久将要过去，不惜争奇斗艳，使出浑身解数，想要挽留春天的步伐。即便是缺香少色、毫无才能的杨花（柳絮）和榆荚，也知道随风起舞，化为漫天飞雪的样子，参与到繁花竞彩、姹紫嫣红的晚春世界里！

韩愈这首诗写得非常有趣，尤其是杨花榆荚的姿态，能引发多重联想。一则劝人勤学奋进，不要像杨花那样白首无成。另一则，劝人知耻思退，杨花本无“才思”，何必学群芳争艳，徒留笑柄？再一则，赞赏杨花榆荚懂得把握春光，虽明知姿色不够，但为留住春天，却勇于参与，乐于付出，努力为春光增添色彩，不怕嘲笑与失败，实在值得嘉奖。

若只读韩愈的这首诗，自然难以推断韩愈“无才思”一词的戏谑之意。但根据韩愈其他描写春天的诗歌，可以看出此处应为赞叹杨花之语。春光正浓，不管是晚春的浓烈，还是早春的清秀，都值得人珍惜、赏玩。所不同的是，观者是否能放下手里的杂事、心中的烦恼，真正全身心地投入春天中。“曲江水满花千树”“最是一年春好处”，是韩愈写给朋友的诗句，也是他留在春天里的邀请。

长庆四年（824 年），韩愈因病辞职，同年底，一代文豪撒手人寰。春天去了总会来，韩愈却再也无缘与朋友春游。唯有他在人生最后两年的春天里发出的邀约，依然在泛黄的诗卷里，散发着春天的气息和生命的芬芳。

唯见秋心不见愁

自古逢秋悲寂寥，我言秋日胜春朝。

晴空一鹤排云上，便引诗情到碧霄。

刘禹锡《秋词·其一》

这首《秋词》历来被看作刘禹锡的代表作，是他否定前人悲秋落寞情绪的昂扬赞歌。开篇起笔非凡，直抒胸臆，说自古以来，文人墨客都容易慨叹秋天的萧索与落寞。一句“自古逢秋悲寂寥”道尽了千古文人的悲秋情结。

“文士悲秋”的情绪上可追溯到楚辞。宋玉《九辩》中写道：“悲哉秋之为气也！萧瑟兮草木摇落而变衰。”大意就是：秋天的气氛令人悲伤，天地间笼罩着肃杀之气，草木衰黄凋落。“悲秋”

的情绪就这样慢慢渗透进古典诗词的血液中，及至《红楼梦》都摆脱不开这一传统文化语码的束缚。“秋花惨淡秋草黄，耿耿秋灯秋夜长。已觉秋窗秋不尽，那堪风雨助凄凉！”从初秋淡淡的寒风到深秋沉沉的暮气，万物凋敝，满眼荒芜，确实容易引发诗人的愁思。

但刘禹锡是例外。

刘禹锡在《秋词》中先是点明“悲秋”的文学传统自古有之，接着便亮出自己的观点“我言秋日胜春朝”。在他看来，秋天的景色，比生机勃勃万物复苏的春天还要美！秋高气爽的天气，比春天给人的鼓舞还要大！这句诗无疑否定了前人悲秋的态度，也改写了关于秋天的定论。

为了证实自己的观点，诗人用第三、四两句，写了秋天独特的韵味。万里晴空，一只仙鹤，排开云层，冲入云霄。那展翅高飞的姿态，排云向上的斗志，深深激励了诗人，将他的诗情倏忽间引到了碧霄之上。“仙鹤”是福鸟，在生活中代表长寿、吉祥。同时，在文化符号中，仙鹤的洁白、孤独，也是“君子”的自喻。在“仙鹤”的眼中，秋天是辽阔的、壮美的，也是雄健的、积极向上的、值得去追求的。其通达的态度、乐观的精神，令所有吟诵者都能从悲秋的苦恼中解脱出来，以新的眼光看待秋天。

刘禹锡一共写有两首《秋词》，除这首抒发神清气爽的“秋韵”诗外，另有一首描写“秋色”的诗。两首诗虽然写作重点不同，但放在一起，却相得益彰，将秋天的骨气与景色，很好地揉捏在疏朗与旷达中。

山明水净夜来霜，数树深红出浅黄。
试上高楼清入骨，岂如春色嗾人狂。

刘禹锡《秋词·其二》

这首《秋词》与上一首主题相似，内容互补，描绘的依然是秋天的景色。明朗的山，纯净的水，夜里的霜，都如此清透、洁净。多半树叶已转为浅黄色，也有几树红叶掺杂其中，格外醒目。登上高楼，看明山净水，天清地朗，红黄相间的叶子点缀其间，给清澈的秋天加入了深沉的味道。此番景致，只觉清气入骨，心意静寂，不像春天那样茂盛浓烈，时时撩拨情思，令人爱得痴迷、癫狂。

两首诗都是将“秋”与“春”对比来写，描绘了秋天素净又清朗的气度：第一首诗写志向远大，如一鹤冲天；第二首诗写心地高洁，如明山净水。两首诗既纠正了前人“逢秋悲寂寥”的忧伤，也展示了诗人的志向与情操。

永贞改革失败后，刘禹锡受牵连被贬为朗州司马。按说在人生的灰暗时期，遇到秋风萧瑟天气凉，很容易产生“悲秋”的情绪。但刘禹锡不但没有瑟缩在风中悲鸣自己的抑郁，反而满怀深情地歌颂秋天的开阔与疏朗，不落窠臼，写出了秋天别有不同的况味和自己独特的品格与追求，实属难得！

对秋天的赞赏，其实是许多唐代诗人共同的感情。秋风秋雨、秋月秋花，为他们带来的不是缠绵的愁绪，而是清新和凉爽。而这份歌颂秋高气爽的豪迈，令唐诗乃至唐朝始终给人以蓬勃向上的印象和好感。

宿雨朝来歇，空山秋气清。
盘云双鹤下，隔水一蝉鸣。
古道黄花落，平芜赤烧生。
茂陵虽有病，犹得伴君行。

李端《茂陵山行陪韦金部》

下了一夜的雨，在第二天的清晨终于停了。空蒙的山里，秋气弥散，清新凉爽。诗人看到鹤飞，听到蝉鸣，也见到路两旁被雨水打下来的黄花。清冷的空气令人身心通透，李端说即便自己身体微恙，也要陪着同伴去游山，因为天清气爽的秋天实在太美了。

可能因为唐代诗人喜欢赞美秋天，所以仿佛其他朝代的秋天总是布满了浓浓的愁绪，而唯独在唐代的天空下，秋天是清爽的、干净的、利落的、从不拖泥带水的。

弃我去者，昨日之日不可留。
乱我心者，今日之日多烦忧。
长风万里送秋雁，对此可以酣高楼。
蓬莱文章建安骨，中间小谢又清发。
俱怀逸兴壮思飞，欲上青天览明月。
抽刀断水水更流，举杯消愁愁更愁。
人生在世不称意，明朝散发弄扁舟。

李白《宣州谢朓楼饯别校书叔云》

这首诗是李白的代表作，风格豪迈、飘逸，也有着透彻的潇洒。“长风万里送秋雁，对此可以酣高楼。”看到秋雁远去，万里长风扑面而来，诗人不但没有半点愁怨，反而举目望苍天，酣醉在高楼。人生在世，就将那些不称心不如意，都抛在脑后吧，明日是非且待明日再论。实在不济，一叶扁舟，从此归隐江湖……李白的这首诗极富想象力，语言酣畅，神思飞扬，情绪饱满，全诗意境疏朗壮阔，毫无半点秋愁，且感情上一波三折，瞬息起伏，令人回味无穷。跟刘禹锡质朴的语言风格完全不同，李白用自己独特的华丽的“秋思”，在盛唐的天空下绘出绚烂的色彩。

及至晚唐，描写秋天景色的笔法也并未改变。

远上寒山石径斜，白云生处有人家。

停车坐爱枫林晚，霜叶红于二月花。

杜牧《山行》

沿着蜿蜒的山路向寒山行进，在那白云缭绕的地方，住着几户人家。诗人几次停下车来，欣赏深秋枫林里的晚景，不由感叹，被风霜染红了的枫叶，真是比二月的春花更加鲜艳夺目。春天的繁花虽然美丽，却没有漫山红叶的热烈和迷人，所以诗人深深地沉浸在这片如火的枫叶中。

四季之中，秋乃是丰收的象征。“悲秋”的文士多是因为在季节轮换时看到了万物短暂的凋落，而赞美秋天的诗人则更懂得欣赏和眷恋秋天的山长水阔和天高地远，以及秋天所蕴含的静美与绚烂。二月的春花迎风摇曳虽然曼妙多姿，但秋天的枫叶美如晚霞红如烈焰，未尝不是一种饱满而成熟的韵味。秋天，也因此显出其别具一格的风采。

黄昏之美

那天晚上，他心情抑郁，索性驾车出门散心。来到古原的时候，夕阳的光芒如一柄利剑劈开了他的胸膛，对人生的感悟若灵光乍现。于是，他写下了这首千古名篇。

向晚意不适，驱车登古原。
夕阳无限好，只是近黄昏。

李商隐《乐游原》

李商隐的这首诗流传很广，也因此给了人们一种格式化的惆怅：夕阳的景色虽然非常美好，可惜已经接近黄昏，日暮西山，再多的浪漫也无法留住人生的时光。理解到这一层，算是基本读懂了诗歌的表面含义，但李商隐写作此诗还有更深的意义与隐蔽的时代背景。

晚唐时期，国运将尽，党派斗争日益加剧。李商隐的岳父王茂之乃是“李党”的重要人物，李商隐也因这层翁婿关系，被牵连进“牛李党争”的旋涡中难以自拔。这直接影响了李商隐的官运，导致他空有满腔报国热情却无处施展才华。这些抑郁难平的情绪落在诗歌里，就变成挥不去的忧愁，理不清的烦恼，化不开的叹息。于是，李商隐将家国之悲、身世之感投入诗歌创作中，希望能在大自然的日暮中得到回响与共鸣。从这个角度来细品《乐游原》，对李商隐所要表达的内容就有了更多的理解——时间的流逝不因任何人、任何事而停止，即便再多留恋，该落幕的也终会落幕，而夕阳的珍贵与美好，恰是因为落日独有的余晖。既然如此，其实大可不必为夕阳而叹息，为人生而惆怅。这是世世代代都会面对的景色，也是人们共通的情感元素。至此，余晖将散的黄昏也便有了永恒的、哀伤的美感。

在传统的认知中，人们对清晨的偏爱要胜过黄昏，对春天的喜欢要胜过秋天。因为“一年之计在于春，一日之计在于晨”，“春”与“晨”都象征着初始的希望，一种欣欣向荣的快乐，一种时间才能带给人的无言的振奋。而那些送别、离愁则多是在秋雨迷蒙的傍晚。“日暮乡关何处是？烟波江上使人愁”“梧桐更兼细雨，到黄昏、点点滴滴”，俱是愁绪。人世无常，晨昏交替，内心的悲凉唯有在落日的余晖中才能外化为自然界的凄风苦雨，进而消弭。所以，诗人笔下的黄昏多是哀婉的、沉重的。

不过，这只是部分诗歌定下的基调。同样的黄昏，同样的夕阳，不同的诗人也能品咂出不同的况味。

苍苍竹林寺，杳杳钟声晚。

荷笠带斜阳，青山独归远。

刘长卿《送灵澈上人》

灵澈上人是唐代著名的诗僧，此时诗名未成，云游江南，在润州短暂停留。刘长卿写作此诗时，已被唐肃宗贬官多年，官场失意。一个应是出世的高僧，一个原为入世的官员，看似南辕北辙，却因各自所求不顺，颇有几分殊途同归的意味。然则，送灵澈上人回竹林寺一事，在刘长卿笔下毫无自怜式的哀怨，斜阳日暮中反而充满了清幽高远的意境，颇有几分淡泊致远的襟怀。

竹林寺是灵澈上人此番云游的歇脚地。青青山林，苍苍暮色，阵阵悠扬的钟声回荡在林间。灵澈上人披着斗笠返回寺院，斗笠上带着夕阳的余晖。他独自向青山走去，越走越远，在苍茫山林中留下了一抹令人难忘的身影。

这首诗构思精巧，语言朴实，感情真挚，是唐代山水诗中的名篇。分别本是令人黯然神伤的事，但在刘长卿的诗作里，那悠然而闲适的离别，失意却淡泊的态度，真有几分山水画的意境。山林苍翠，人世沧桑，辛苦拼搏却常常不知为何奔忙。那么，不如放宽眼界去欣赏，青山中的高僧，红尘里的隐士，他们淡泊名利，独自穿行在苍茫山林间，将清风明月般的气度留在山间，引人遐想。

人们喜欢在黄昏时分反思自我与人生，清晨是一天的开始，黄昏是一天的结束。晨昏之间是数不尽的流年。到了一天生活结束时，谁都难免要回忆下发生的事，遇到的人，走过的路，途经的风景。想想这些能给自己带来怎样的思考和改变。无论是官场失意之人，还是功勋卓著之人，无论是告老还乡之人，还是春风得意之人，都有可能在夕阳中站定，回望来处，眺望前方。因此，诗人笔下的黄昏便有了更深的意味。

山石荦确行径微，黄昏到寺蝙蝠飞。

升堂坐阶新雨足，芭蕉叶大栀子肥。

僧言古壁佛画好，以火来照所见稀。

铺床拂席置羹饭，疏粝亦足饱我饥。

夜深静卧百虫绝，清月出岭光入扉。

天明独去无道路，出入高下穷烟霏。
山红涧碧纷烂漫，时见松枥皆十围。
当流赤足踏涧石，水声激激风吹衣。
人生如此自可乐，岂必局束为人鞿？
嗟哉吾党二三子，安得至老不更归。

韩愈《山石》

韩愈这首诗名为《山石》，却不是写山石之事，而是一篇内涵极美的游记。诗歌从黄昏时分开始写起。山石料峭，山路狭窄，黄昏时分诗人才来到寺庙，发现庙里有蝙蝠乱飞。蝙蝠喜欢在夜里捕食蚊蛾，所以再次呼应了“黄昏到寺”。先是到了厅堂，继而出来坐在台阶上。因为刚刚下过一场充足的新雨，所以雨后的芭蕉叶看起来又大又绿，雨后的栀子花也显得又美又艳。客观景物的美妙让人心情愉悦。僧人夸说庙里古壁上的佛画华丽精美，但举着火把照看，却让人觉得太过模糊，看不清楚。

夜色降临时，僧人已为诗人准备好了床铺和饭食。饭菜虽然粗粝，但足以填饱肚子。夜深的时候，静静地躺在寺庙中，万籁俱静，连小虫的低鸣也听不到了。明月爬上了山头，月亮的清辉爬过山岭，透过窗户洒落在地上。

月光如水。一夜无话。

随后，韩愈描写了清晨的美景。天亮后他独自离开，但由于周围雾霭弥漫，所以辨不清方向，只能踉跄着摸索前行。山花鲜红，涧水碧绿，朝阳熠熠，万物生辉，时而看到十围粗壮的松乔，郁郁葱葱，蓬勃茂盛。诗人索性赤足踩着涧水里的石头过河。清冽的涧水漫过双足，水声淙淙，风吹起衣角，诗人心中升腾起无穷的快乐。

结尾四句点题：人生在世，能自得其乐就好，何必要受制于他人呢？我的那几个志同道合的朋友，怎么已经年老，还不返乡来？言外之意，真希望他们快些放下世俗烦恼，与我一起安享晚景。

韩愈这首诗从黄昏写起，写深夜的寂静，也写黎明的清爽。这首诗通过对不同美景的描摹表现时空的变化，同时表现出不同时段、不同光影、不同色彩所具有的不同的美——无论是夜宿还是晓行，无论是清晨还是黄昏，诗人都可以从中获得快乐与美感。“晨与昏”不过是人们用来计时的标准，时间的每分每秒其实都同样宝贵。许多诗人习惯从清晨的风景写起，“看朝阳绚烂，观夕阳伤感”，情绪的转折与时间的变化完全吻合。这固然是一种顺时的审美取向，但读多了难免乏味。韩愈的《山石》则不同，这首诗起笔不凡、立意新颖，加上传递出的壮美诗风，因而备受时人喜爱与后人推崇。

从某种程度上说，唐代诗人的确比较喜欢描写黄昏的景色。因为黄昏是一天的结束，恰如除夕是一年的岁末。在告别一段时光时，诗人回首前尘，难免生出许多感慨。懊恼悔恨者有，壮志踌躇者也有。但时光不会因为有人蹉跎或珍惜就驻足，这也是时间的公平。

不负好时光

光阴似箭，人生苦短。在这匆忙行走的人间，虽然每个人都知道“时间构成了生命”，却很少有人愿意去认真思考人生该如何度过，时间该如何利用。若是机缘巧合，偶遇指点，或可从中体悟到刹那的悲喜，生命的真谛。

终日昏昏醉梦间，忽闻春尽强登山。
因过竹院逢僧话，又得浮生半日闲。
李涉《题鹤林寺僧舍》

人生一场大梦，世间几度秋凉。日月轮转，惯性引领着人们的生活。所以诗人李涉说，终日碌碌无为地奔忙，浑浑噩噩，仿佛在醉梦中，无端耗费着宝贵却有限的时光。有一天，忽然发觉春天就要过去了，为了不负春光，勉强打起精神，决定出来登山。路过竹院，正巧遇到寺庙里的僧人，于是闲谈片刻。在聊天中，诗人得到高僧点拨，对世俗的功名利禄有了新的认识，感觉在这纷纷扰扰的尘世中，获得了精神的松弛和心灵的顿悟。虽然诗作并未提及“僧话”的具体内容，但“浮生半日闲”却点出了人世沧桑，也点醒了世俗中人。

“天下熙熙，皆为利来；天下攘攘，皆为利往。”为加官晋爵，为封妻荫子，为仕途浮名，为建立功业，芸芸众生以各种理由在不懈地奋斗着。争分夺秒固然是一种积极进取的态度，但忙碌中品一杯香茶，混沌中取片刻清幽，也是人生应有的潇洒与自在。所谓张弛有度，就是要不断调整生活的节奏。“浮生若梦，为欢几何？”怎能不珍惜时光，好好享受生活、善待自己呢？

虽说“偷闲”是一种轻松愉快的人生态度，但“惜时”未尝不是唐代诗人的美德。晚唐王贞白写诗云：“读书不觉已春深，一寸光阴一寸金。”并不是说光阴可以存下来再卖出去；恰恰相反，正是因为无法留住光阴，所以它才成为无价之宝。千金散尽，还有失而复得的机会，但穿行如梭的时光，却永远无法重新回到自己的生命里。这美好又宝贵的人生，该如何度过呢？

劝君莫惜金缕衣，劝君惜取少年时。

花开堪折直须折，莫待无花空折枝。

杜秋娘《金缕衣》

这首《金缕衣》是《唐诗三百首》的压卷之作，久负盛名。有一种说法是，杜秋娘不过是中唐时一个著名的歌女，《金缕衣》并非杜秋娘所作，因为她曾经唱过此曲，所以有幸被冠名。

金缕衣的意思是金线刺绣的衣服，这种衣服庄重华丽，乃是荣华富贵的象征。白居易有诗云："红楼富家女，金缕绣罗襦。"但即便是如此珍贵的物品，也无法跟时间相比，因为时间是无价的珍宝。

全诗的大意是：我劝你不要在乎那华丽的金缕衣，我劝你还是要好好珍惜青春年少的光阴。鲜花盛开的时候，不要犹豫，应及时采摘下来，不要等到花谢之后，徒然折下一段空枝。

从诗作温柔的口吻、如水的规劝中，似乎可以读出女子的柔情。看花流泪，见月伤心，的确是女子最容易流露的感情。女人和花朵之间总有千丝万缕的联系，赞赏时称她"如花美眷"，欢笑时赞她"笑靥如花"，哪怕被摧折被践踏被羞辱，都要斥之为"残花败柳"，哪怕是"春残花渐落"也会令人联想到"红颜老死时"。花开花落是最自然的景色，也最能触动女子细腻的情思。

杜秋娘似乎也悟到了自然的常态和人生的规律，但她并不消极。她鼓励并劝勉世人，不要贪图“金缕衣”这般物质，要将自己的热情投入积极进取的青春中。唯有把握时机，撷取生命最灿烂的光阴，才算没有辜负宝贵的人生。这首诗通过“折”与“花”之间的繁复用词，形成了音律上的美感，盘旋迂回，令情感显得单纯而又强烈。

相传，镇海节度使李锜当年就因为听了杜秋娘演唱的这首诗而将她收为侍妾，甚宠之，并常令其在宴会上歌舞。后来，李锜起兵反抗朝廷遭到镇压，作为罪臣的家属，杜秋娘被送到后宫为奴。结果，又是因为演唱了这首《金缕衣》，杜秋娘被唐宪宗赏识，封为秋妃。杜秋娘在唐宪宗过世后，继续抚育皇子，积极参与政治变革，可谓经历丰富，命途坎坷。不知这一切是否与“折花岁月”便种下的“惜时”观念有关。

再说这首《金缕衣》，全诗用词浅白，近口语，其文学性在唐诗中不算突出，能流传千年应是因为它形象具体而又含义丰富地定义了何为惜时：不纵情享乐，不游戏人生，人应该珍惜时间，建功立业，开创属于自己的天地。陶渊明虽然也说“盛年不重来，一日难再晨”，但盛年如何，清晨又如何，陶诗没有答案。《金缕衣》却给了细致的解释：人生如花，能如花般绽放，也能如花般凋谢。花有花期，人也有自己最宝贵的青春。由花及人，由花期到青春，时间有了最靠谱的依托与最具体的呈现，“时间”也便如花般开放了，怎能不令人惋惜、惊叹！

杜秋娘在诗中虽容纳了时间的美感，但若说把时间提升到悲天悯人这一哲学高度的诗人，则非杜甫莫属。

老去悲秋强自宽，兴来今日尽君欢。

羞将短发还吹帽，笑倩旁人为正冠。

蓝水远从千涧落，玉山高并两峰寒。

明年此会知谁健？醉把茱萸仔细看。

杜甫《九日蓝田崔氏庄》

杜甫说自己已经老了，悲秋的情绪也更加浓重，正好赶上重阳节，所以他也勉强宽慰自己，决定打起精神来和大家共尽欢乐时光。结果有风吹来，帽子一歪，露出稀疏的短发。羞愧之余，忙请旁边的人帮自己理正帽冠。抬眼望去，蓝溪水远远地从千条溪涧中奔泻而来；蓝田山高耸对峙，千年不变，透着无尽的轻寒。此中，山高水远，苍凉悲壮，既有深秋天地间的萧索感，也有万物高远带来的空间上的疏离感，令人不免感叹：如此壮阔的天地间，我们的人生竟如此短暂。

山水永存，世事难料。诗人在山水间眺望，也在山水间感悟——人生衰老得如此之快，无常和明天不知道哪一个先来。趁着眼前的“醉”意，诗人细细端详手中握着的茱萸。是呢，不知道明年此时，还有谁能健在，谁能依然带着茱萸再来这里相聚！一个“醉”字写出了杜甫醉眼蒙眬的状态，也点出他三分醉意带七分清醒。跟永恒的自然、无尽的岁月相比，人生实在太短促了。每时每刻都值得人们留恋驻足啊。杜甫的诗，从山高水远中走来，带着悲天悯人的荒凉而去，虽生千般凄楚，却也能见万古之壮阔。

光阴如水，谁也握不住时间，但很多诗人能捡拾到光阴的碎片，如同一页页甜美的诗篇：有的写着珍惜青春，应充实勤奋；有的写着张弛有度，应忙里偷闲。或许这就是唐代诗人对待光阴的态度吧，既要学会止步，体味人生的惬意，也应把握青春建功立业，不负好时光。

人生凄苦

为君苦，赔了夫人又折兵
和亲苦，青春韶华碾作土
仕途苦，可叹人生虚功名
征程苦，一将功成万骨枯
春闺苦，相逢只能在梦中
古人苦，历史从来多遗憾
百姓苦，世间空余逃亡屋

为君苦，赔了夫人又折兵

漫长而沉重的历史往往是一部功利主义教科书。

宋徽宗文武双全，擅书画，其实写诗治国都是一等的高手。当年宋朝和刚刚建立的金国订立盟约，共同讨伐辽国。结果金兵在摸清了宋军的底细后，反而攻打宋朝，俘虏了宋徽宗父子，在北宋日记的最后一页写下了“靖康之耻”这四个字。假如宋徽宗能够直捣辽国疆土，那必将成就大宋朝一番宏伟蓝图。遗憾的是，他临政只有区区几年，宋朝根本就没被金国放在眼里，金国竟然釜底抽薪，倒戈相击。常常是一些极易被忽略的微小因素，轻易地改变了历史的格局。一代明君与丧国之君，就这样有了截然不同的评判。所以，历史就是这样功利，它对历史人物的评价基本都是如此简单粗暴——胜者王侯败者寇。

宋徽宗如此，唐玄宗又何尝不是！就差那么一步，他便可以名垂千古；可惜就是那么一步，他将自己推入了“万劫不复”的深渊，被后代指为“昏君”。唐玄宗前期神武异常，他幼年刚烈，青年时雄心勃勃，壮年更励精图治，不但稳固了唐初政局，还成功地取得了“开元盛世”的战绩。如果他和其他皇帝一样五六十岁就驾鹤西去，那么毫无疑问，盖棺论定时，百姓会含着眼泪送他，并对他建立的盛世永远心存感恩。

遗憾的是，唐玄宗活得时间太长了，他不但“寿比南山”，而且情意绵绵。都说“英雄难过美人关”，但爱美人爱到愿意拱手让河山的却不多见。

长安回望绣成堆，山顶千门次第开。
一骑红尘妃子笑，无人知是荔枝来。

新丰绿树起黄埃，数骑渔阳探使回。
霓裳一曲千峰上，舞破中原始下来。

万国笙歌醉太平，倚天楼殿月分明。

云中乱拍禄山舞，风过重峦下笑声。

杜牧《过华清宫绝句三首》

华清宫是唐玄宗在骊山修建的行宫，用以跟杨贵妃寻欢作乐，歌舞升平。后代诗人以此为题写下许多咏史诗，杜牧这三首诗便是其中的佳作。

第一首诗写的是“送荔枝”。从长安回望华清宫，茂盛的草木，华美的宫殿，看起来锦绣成堆，富丽堂皇。山顶上的宫门一层层地打开，一骑快马飞奔而来，身后扬起阵阵尘土。深宫内的杨贵妃得知此事，不禁开心地笑起来。百姓们还以为这疾驰的驿马送的是紧要的军情。只有杨贵妃知道，这是皇帝命专人送来了自己爱吃的荔枝。

唐玄宗为了让杨贵妃吃上新鲜的荔枝，令官差快马加鞭、日夜不息地赶路。驿站处，疲惫的人、累死的马，都是这遥远路途的无声陪葬。如此劳民伤财，千里奔波，不过是为了让杨贵妃吃上新鲜的水果。而“妃子笑”这三个字也是含义丰富。当年周幽王为博褒姒一笑，点起烽火，戏弄诸侯，导致亡国。而唐玄宗，这位缔造了盛唐基业的曾经的贤明圣主，如今竟也为讨“妃子笑”变得昏聩至此。

这首诗构思巧妙，先写华清宫的远景，看起来如何金碧辉煌，花团锦簇；接着写快马烟尘，疑似重要军情；最后两句既写出了贵妃的恃宠而骄，也写出了皇帝的荒淫无道。表面上含蓄委婉，实质上讽喻极深。

第二首诗写的是“舞霓裳”。安禄山任平卢、范阳、河东三镇节度使后，一直伺机谋反。有人进谏“安禄山要谋反”，唐玄宗竟将直谏的臣子拿下，送给安禄山发落。久而久之，也就没有臣子再拿身家性命开玩笑了。直到宰相杨国忠都启奏，说怀疑安禄山要谋反时，唐玄宗才派人以赐柑为名前去打探虚实。使者被安禄山收买，回来跟唐玄宗汇报说安禄山对大唐忠心耿耿，唐玄宗听后更掉以轻心，毫无防范，终于导致了安史之乱。这首诗写的正是此事。

从渔阳打探消息的使臣，正经过新丰转往长安。绿树环绕的新丰一带，扬起滚滚黄尘。又是山顶千门，又是霓裳歌舞欢乐的山峰上，渔阳探使们飞马回还，谎报军情。边关可高枕无忧，皇帝和贵妃当然继续荒淫享乐。直到中原爆发了安史之乱，方知送上山的都是虚假情报，“舞”下来的却是国家社稷，沉浸在歌舞中的唐玄宗和杨贵妃这才从醉生梦死中醒来。诗作到此处戛然而止，留下国破山河碎的无尽想象，令人嗟叹。

第三首诗写的是“胡旋舞”。全国上下都沉浸在一片歌舞升平当中，在太平盛世的幻象中，唐玄宗完全不理会朝政，专注于跟杨贵妃排练音乐和舞蹈。骊山宫殿巍峨高耸，在月光下显得分外挺拔。《旧唐书·安禄山传》记载，安禄山重达三百三十斤，体态肥胖，却能在唐玄宗面前表演胡旋舞，而且行动非常迅敏。反倒是旁边的宫人因为安禄山跳舞太快，拍掌时节拍都乱了。杨贵妃看到安禄山小丑般的模样，不禁笑得花枝乱颤，那爽朗的笑声越过层层叠叠的山峦，飘荡回响在山间。

安禄山为讨唐玄宗开心，竟向杨贵妃磕头认娘，做了贵妃的“干儿子”，这也在某种程度上瓦解了唐玄宗最后的心理防备。说到底，唐玄宗压根儿没瞧得起安禄山，在他眼里，胡人跟尚未开化的野人没什么分别。我堂堂天朝，给他如此高官厚禄，恐怕他感谢还来不及呢，怎么可能会有谋反之心？宋徽宗亡于轻视金人，唐玄宗则乱于轻视胡人。就在安禄山扭动身体卖力讨好杨贵妃的时候，贵妃欢快地笑起来，玄宗也跟着愉快地笑起来。盛世王朝的一场空前灾难就此埋下伏笔，大唐的盛况也由此滑向衰落的深渊。

杜牧的这三首诗从不同侧面揭开了安史之乱爆发的原因，可谓是咏史诗中的佳作。李白当年作《清平乐》三首，全是赞叹贵妃美貌的诗句，她像月宫的仙子，如人间的美玉，是君王钟情的贵妃。而到了杜牧的笔下，杨贵妃歌舞是错，欢笑是错，吃荔枝也是错。所以安史之乱爆发后，杨贵妃只能用生命为大唐的转折做一次盛大的殉葬，以堵悠悠之口。

罗隐有诗云："西施若解倾吴国，越国亡来又是谁？"若说西施弄垮了吴国，那么越国灭亡又能怪谁呢？但后人的评说似乎已不重要，历史向来如此，它是胜利者的赞歌，亦是衰败者的挽歌。

战火过后，唐玄宗退位，历史的粉板上永远刻下了他的痛苦：他弄丢了自己的江山，害死了自己的女人。在这场浩劫中，赔了夫人又折兵，他是彻头彻尾的衰人。

和亲苦，青春韶华碾作土

在众多诗人的奋力讴歌下，唐代在后人脑海中的印象始终是繁荣富庶的。但盛世的和平除了需要奋战沙场外，也离不开那些和亲远嫁的公主。那遥远的“外邦”在当时看来，皆为蛮夷之所、苦寒之地。公主们以青春和幸福换取边界暂时的安宁。在鼓乐喧天的盛唐欢腾中，夹杂着她们倾诉苦难命运的颤音。

白日登山望烽火，黄昏饮马傍交河。
行人刁斗风沙暗，公主琵琶幽怨多。
野营万里无城郭，雨雪纷纷连大漠。
胡雁哀鸣夜夜飞，胡儿眼泪双双落。
闻道玉门犹被遮，应将性命逐轻车。

年年战骨埋荒外，空见蒲桃入汉家。

李颀《古从军行》

李颀这首诗描写的是汉武帝时期的“从军行”。首句直接切入紧张的军队生活：白天的时候在山上眺望四方的烽火警报，黄昏时牵着马在交河边饮水。接着写夜晚的生活：这些行军之人，白天用“刁斗”来煮饭，晚上用敲打“刁斗”来省更、计时。黄沙漫天，暗夜如墨，只能听到巡夜人的打更声。还有微弱的如泣如诉的乐声，那是公主正忧伤哀怨地弹奏着琵琶。

视野再次放开些：军营的外面万里之内，没有城郭，没有人烟，雨雪纷飞的苦寒之地，连着茫茫无边的大漠。胡雁悲鸣着，夜夜从天空飞过。胡人的士兵对着这样的场景，也是人人落泪。边陲环境的凄苦可见一斑，土生土长的胡雁和胡儿尚且承受不住，何况远征到此地的“行人”。谁不想早点回家呢？

不料，诗人笔锋一转，急切的思乡之情被从中截断。因为玉门关的退路或说归家的路，已经被朝廷挡住了，无路可退，只能将生死抛在脑后，跟随将军去战场搏命了。年年月月，战死的将士们的累累尸骨就埋在这荒野之中，情状惨烈至极。

但如此征战，其意何为？全诗最后一句点题：为了换取葡萄，种满汉家的庭院。

在诗人李颀看来，汉武帝穷兵黩武，好大喜功，他开启了西域通往汉朝的大门，由此引发连年战祸。更可笑的是，连年征战，白骨堆积，为的不是和平与繁荣，而是为了购置汉武帝喜欢的良马，以及葡萄和苜蓿。历史的荒谬总是轻易就能超越人们的想象！全诗描写的是边境军中的苦寒生活，反思的是帝王的草菅人命，读来沉郁悲凉，徒增绝望。

李颀的这首诗表面上批判的是汉武帝，实际上讽刺的是唐玄宗。唐代诗人非常喜欢以“汉皇”来暗指“唐皇”。最为熟悉的是白居易的《长恨歌》，明明说的是唐玄宗和杨贵妃的爱情故事，开篇就写“汉皇重色思倾国”。李商隐写“可怜夜半虚前席”也是同样的手法，借汉文帝空谈鬼神来暗指晚唐皇帝寻仙问道不理民生。

而唐代诗人如此钟情“以汉代唐”大概有下面三个原因。一是避讳可察觉的政治因素。谈论当朝皇帝的是非属于妄议朝政，容易招惹是非；而议论前朝兴亡，则为咏史，可以巧妙地规避一系列隐患。二是汉朝在唐人眼中非常强大，所以以汉喻唐，无形中能体现出诗人内心的自豪感。三是汉朝与唐朝都是大一统的政局，政权稳固，且都定都长安，确实有诸多相似之处。所以，李颀的这首《古从军行》，有意将“古”字加在前面，以示咏史之意。

值得一提的是，在这首描写征人的诗作中，李颀有意无意提到了“公主琵琶幽怨多”。这句看似闲来之笔，实则大有深意。

唐人《乐府杂录》中记载，琵琶“始自乌孙公主造”。乌孙公主，名为刘细君，是汉代江都王刘建的女儿。她貌美如花，多才多艺，擅长古乐，精通琴筝，琵琶据说就是她创造的乐器。刘细君的父亲曾因谋反不成畏罪自杀，所以刘细君属于宗族内的罪臣之女。后被汉武帝册封为公主，远嫁到乌孙国做夫人。名为册封，实为流放。那里，语言不通，习俗不同，多才多艺的小公主，作为汉朝送给乌孙国示好的一件“礼物”，没人在乎她的孤独与落寞，忧伤与绝望。在宏大的家国话语下，这些用以和亲的妙龄公主是皇帝所能想到的利益最大化时的最小牺牲。

细君公主非常思念故乡，所以写下这样的诗句：

吾家嫁我兮天一方，远托异国兮乌孙王。
穹庐为室兮旃为墙，以肉为食兮酪为浆。
居常土思兮心内伤，愿为黄鹄兮归故乡。

细君公主《悲愁歌》

一种说法是细君公主思乡情重，幽怨日深，郁结于心，嫁到乌孙国第二年就病逝了。另一说法是，乌孙王猎骄靡死了之后，遵从乌孙国的风俗，细君公主改嫁给了丈夫的孙子军须靡，并诞下一女。可惜没过三年还是死在了乌孙国。她还乡的美梦直到离世也未能达成。

在江山社稷、国泰民安面前，个人的情感已变得微不足道。一边是战死沙场、白骨堆积如山的将士，一边是呜咽幽怨、丧命异邦的公主，这是对盛世悲壮的祭奠，也是对它残酷的讽刺。汉朝如此，唐朝又岂能例外？！

安禄山为了向唐玄宗炫耀功绩，经常谎报边疆战事吃紧，请唐玄宗赐婚，以公主许之。唐玄宗为了安抚边界的首领，将宗室之女册封为公主，远嫁和亲。李颀笔下的“公主琵琶幽怨多”指的正是此事。

汉代细君公主的命运，在唐代宜芳公主身上再次上演。

出嫁辞乡国，由来此别难。
圣恩愁远道，行路泣相看。
沙塞容颜尽，边隅粉黛残。
妾心何所断，他日望长安。

宜芳公主《虚池驿题屏风》

和亲与远嫁是汉唐许多公主难逃的命运。越是强大的王朝，越希望能兵不血刃地维持和平的状态，送去和亲的公主就越多。

皇帝是舍不得亲生女儿远嫁的，异邦山高路远，蛮荒苦寒，哪里舍得委屈了金枝玉叶。那么远嫁的重任就落在了皇家宗室之女的肩上。这些花季少女带着和平的使命，被送往异域，生死爱恨，只能听命于天。在这漫长的和亲路上，不仅有鼓乐喧天的远嫁欢歌，也有公主们无尽的泪水、屈辱，以及魂归故乡的执着。

行至驿站，宜芳公主写下泣泪含血的诗。远嫁异邦，从此去国辞乡，不知何时能再回来。绵绵的远道，边走边哭，眼泪已经打湿罗裙。塞外沙漠将磨尽她的花容月貌，看来只能任由年华老去，粉黛消残。这思乡的感情不知道什么时候才能中断，今生有缘，何时还能梦回长安！

这首诗虽然称不上工巧，但想到出自一位花季少女之手，她孤独地负载着辞家别国的苦楚，去完成那极难完成的使命，便觉字字心寒。

然而更令人心寒的是，公主嫁过去大概仅仅过了半年，边界的胡人便起兵造反。深陷狼窝，宜芳公主定然做了叛军刀下第一个冤魂。

朝廷不得不再次派兵。同样的古道，已没人记得半年前曾有婚车欢天喜地送去了大唐的公主。人们能记住那些热血神勇的将军，却不会想起那些如花般的公主，她们曾多少次在深夜里弹奏幽怨的琵琶曲。

仕途苦，可叹人生虚功名

在信奉“学而优则仕”的年代，青年才俊们为求取功名，实现理想，常常要辞别亲友，漂泊异乡。他们风华正茂却孤身在外，他们憧憬未来却心下迷茫，他们渴望知音也愿意付出真心。在这样的时刻，若遇到多情美女，自然免不了一番山盟海誓。

那一年，诗人罗隐书生意气，英姿勃发，正满怀信心去赴考。路过钟陵县（今江西南昌进贤县）遇到了一位名叫云英的歌妓。彼时的云英，青春貌美，巧笑嫣然。而云英眼中的罗隐，也是才气纵横，机敏过人。这样的时机，这样的男女，自然免不了歌舞欢宴，月下花前。大抵，青年男女的浪漫无外乎此。

青年男女的分别也有些相似。罗隐在与云英欢洽地度过一段时日后，便离开了此地。他是途经此地的过客，恰好碰到了盛开的云英，便如徜徉花园而适逢花期。但罗隐不想做护花使者，他怀了满腔志愿准备求取功名，他觉得自己的未来无限宽广。

然而人生何处不相逢。十二年后，罗隐再次经过钟陵县，竟然又遇到了当年的云英。十几年来，云英始终没机会离开风尘之地，此时依然是一名歌妓。美人迟暮本就令人怜惜，她竟还需以歌舞为生，罗隐不胜唏嘘。

云英竟然也有同样的感慨，她见到罗隐后惊讶地问："罗秀才怎么你还是布衣？"

一句话触动罗隐的伤心事。《唐才子传》评价罗隐说："少英敏，善属文，诗笔尤俊拔。"罗隐少时英敏，才气逼人，诗文俱佳，可惜怀才不遇，屡考不第。此番再过钟陵，便是因为再次落第。今见云英问起，不觉伤情。于是写下一首诗送给云英，算是回答了她的问题。

钟陵醉别十余春，重见云英掌上身。

我未成名君未嫁，可能俱是不如人。

罗隐《赠妓云英》

自当年欢愉醉饮后分别，到如今已经十几年了。再次见到云英，感慨万千。虽然她依然轻盈曼妙，窈窕多姿，但毕竟有些人老珠黄。一别十余载，当年罗隐是青年才俊，如今已近中年。而云英风韵虽存毕竟也徐娘半老。在古人眼里，男人求官和女子嫁人，都是人生不可忽略的必要经历。可看看如今，罗隐奔波至今依然没有得到功名，而云英也没能嫁人从良，年老色弛依然以歌舞为生。面对云英的提问——“罗秀才你怎么还是布衣”，罗隐只得感叹：“我没有成名，你也没有嫁人，可能是因为我们都不如别人吧。”

这首诗另有名为《嘲钟陵妓云英》,“嘲”这个字可能比“赠”显得要凉薄些，所以很多选本喜欢用《赠妓云英》这一诗名。但实际上，罗隐写此诗，与其说是讽刺云英，不如说是自我解嘲。平日的坎坷与辛酸还能有意忽略些，逢遇故人，发现漫漫人生，所有的奋斗全是镜花水月，所有的梦想终究颗粒无收，那种伤感、失落、郁闷和悲愤，都不是三言两语所能诉说的。罗隐将这样的诗送给云英，与其说是嘲笑，不如说是宽慰。少有才名的罗隐尚且如此，平凡的风尘歌妓又如何能改变命运！“赠妓”是诗作的行为表象，“自嘲”才是诗歌的精神内核。

晚唐时，很多诗人在诗作中显出了这种落寞。虽然怀才不遇自古以来就是文人的“精神通病”，但生在不同时代，这份伤感的情绪却截然不同。

陈子昂落寞时高呼：“念天地之悠悠，独怆然而涕下。”

李白也叹息：“总为浮云能蔽日，长安不见使人愁。”

杜甫感慨：“出师未捷身先死，长使英雄泪满襟。”

不管如何沧桑、愤懑，这些初盛唐诗人抒发感情时，描绘的时空都非常开阔，语意、用词都透着大气磅礴。到了晚唐时，很多诗人的诗作中也有志不能伸的忧伤，也有怀才不遇的失意，但这些感怀都已经失了初盛唐时的风采，那种天地间独自苍凉的悲壮与旷达已经消失不见，能够借以明志的，只有琐碎的儿女情长。

落魄江湖载酒行，楚腰纤细掌中轻。

十年一觉扬州梦，赢得青楼薄幸名。

杜牧《遣怀》

杜牧这首诗起笔写的就是自己放浪不羁的生活。一个落魄文人，漂泊四方，走到哪里都不忘喝酒解愁。混迹江湖，酒是医治失意的良药。那么醉酒之后的生活是什么样子呢？不是文思泉涌奋笔疾书，而是流连于秦楼楚馆，缠绵于花街柳巷，与青楼女子醉生梦死。这些扬州妓女体态优美，腰肢纤细，可以跟楚灵王喜欢的“细腰”媲美。她们身轻如燕，能像赵飞燕一样在手掌上翩翩起舞。有这样的美女陪伴，欢饮必醉，其间的风流缠绵自然不必细说。

然则，人生如梦，苦在如梦初醒。当惊觉十年光阴如一梦时，多少沧桑感慨，不觉悲从中来。杜牧诗文俱佳，才华横溢，又是名门之后，本应有所作为。然而平生志向不得施展，经十年的努力，依然只能做别人的幕僚，屈居人下。除了放浪形骸，又能如何呢？

更悲惨的是，同样浪迹青楼，宋代词人柳永得到了妓女们的爱戴，而杜牧却只换来了“青楼薄幸人”的名声。因为柳永知道自己一生都无法走上仕途，所以他既愿意也能够将一颗赤子之心完全地放在俗世中，他尊重并同情歌妓，虽倚红偎翠，却换来不少真情。而杜牧却不同，杜牧在烟花深处，虽纵情畅饮，心却不曾在青楼驻足，总是怀有一展宏图的志向，青楼不是他纵情的乐土，而是他麻木身心的短暂驿站。因此，当他惊觉人生如梦时，浮上心头的，只剩下梦醒后深深的空虚与失落。

从罗隐、杜牧的感怀诗中，可以看出晚唐的凄凉：越来越多的诗人无法施展自己的才华，完成自己的志向。那些青年才俊只能借助青楼女子的情感与人生，来抒发自己蹉跎岁月的感伤，以及建功立业的虚妄。

如果说初盛唐时李白、杜甫他们的怀才不遇是“愤怒的咆哮”，那么到了罗隐、杜牧们的晚唐，所有的不平也就只能化成读书人的一声轻叹。

征程苦，一将功成万骨枯

《诗经·君子于役》有云：“君子于役，不知其期，曷至哉？鸡栖于埘，日之夕矣，羊牛下来。君子于役，如之何勿思！”大意就是：我的丈夫在外服兵役，不知道他服役的期限有多久。他什么时候才能回到家呢？天色已晚，鸡都进窝了，牛羊成群下了山坡。我的丈夫还在外面服役，我怎么能不想念他呢？这是一幅遥远的关于家的图景，夕阳里妻子忙碌着，鸡鸭已入窝，牛羊早进圈，一切都安置妥当。但袅袅炊烟，却看不到丈夫回家的身影。这首诗虽然语言简洁，但古老而有情味的生活却显得极为真挚细腻。那种盼望丈夫归来的情感也越发动人。古往今来，概莫能外。

长安一片月，万户捣衣声。

秋风吹不尽，总是玉关情。

何日平胡虏，良人罢远征。

李白《子夜吴歌：秋歌》

长安城一片皎洁的月色中，千家万户捣衣的声音缓缓传来。天气转凉，又到了给征人送“秋衣”的时候。月光落在捣衣砧上，拂不去。秋风吹来了捣衣声，断断续续，吹不散。而这月光，这声音，都像极了思妇的相思，那便是丢不开忘不掉的对玉门关征人的深情。此情此景，很自然地牵出了最后一句：“何时能够平定胡虏的叛乱呢？到时候自己的丈夫也就可以不必再去远征了。”月色撩人，撩拨起无限情思。

“望月怀人”是古典文学传统之一。月有阴晴，但月月皆有圆满，心上人却不知道什么时候才能回来和家人团圆。当思妇想念丈夫时，征人也在思念妻子。高适《燕歌行》有诗云：“少妇城南欲断肠，征人蓟北空回首。”一边是留守妇女肝肠寸断的相思，一边是征夫空望故乡的愁思。盛世太平，流着男人的血，也洒满女人的泪，是血泪交织的一首天涯哀歌。

回乐峰前沙似雪，受降城外月如霜。

不知何处吹芦管，一夜征人尽望乡。

李益《夜上受降城闻笛》

相传，唐太宗曾亲临灵州，接受突厥部的投降，于是此处修建有“受降城”。回乐县唐朝时也在灵州治所。全诗的大意是：受降城外，月光皎洁清冷如霜，回乐山前，无垠的沙地被照得洁白似雪。在这如霜似雪的孤寂世界中，不知何处传来吹奏芦笛的声音。音乐能让人忘却无穷烦恼，也能让无尽往事涌上心头。征人思乡的感情被调动起来，他们孤独、迷茫、困惑，不知这笛声从哪里飘来，不知还要在这边塞的冷月中守候多久。他们纷纷披衣而起，循着月光的指引，凝视远方，仿佛能越过大漠，眺望到故乡……

李益的这首诗，从景色写到声音，再从乐声写到心声，最后的凄凉一笔，写出了无法言说的思乡之情。此诗一经诞生就被谱曲入乐，天下传唱，成为中唐名篇之一。

诸如此类，在描述征人的戍边思乡、战死沙场、告老还乡等话题上，唐诗都留下了许多佳篇。这些诗内容丰富，描写生动，将征战的孤独、愁苦、绝望和无助，淋漓尽致地表达了出来。戍边苦，征人尽望乡。那么还乡呢，会顺利吗？

行多有病住无粮，万里还乡未到乡。

蓬鬓哀吟古城下，不堪秋气入金疮。

卢纶《逢病军人》

卢纶将病退军人的苦、愁、忧、痛刻画得入木三分。首先，他写到这个多病的军人，因为走了太远的路，已经没有继续赶路的口粮了。可遥遥万里归乡路，还没有走到故乡。叶落归根，还没到家，怎么能死去？好不容易从战场上活下来，虽然已经伤残，但如果回到家里，就可以与亲人团聚了。

可战场上受的伤还在隐隐作痛，行了这么远的路已经疲惫不堪，尤其是连吃的东西都没有了，根本不知道会死在什么地方。卢纶感叹说：他蓬头垢面，身心俱疲，哪里还能忍受秋天的寒气深入他已然恶化的伤口呢？

古城之下，他的叹息如此微弱。就是这样一个生了病的军人，无依无靠，很可能病死他乡，或者饿死他乡。不管是堆尸在硝烟散尽的河边，还是古城外荒凉的墙根，他的死，家人都永远无从知晓。无怪乎杜甫在《兵车行》里写道："生女犹得嫁比邻，生男埋没随百草。君不见青海头，古来白骨无人收。新鬼烦冤旧鬼哭，天阴雨湿声啾啾。"兵荒马乱的时代，生女孩最好，女孩可以嫁给旁边的邻居，守在父母身边。生男孩不好，随军打仗难说生死，死后甚至无人收尸，只能任由其埋没在杂草间。新鬼喊冤旧鬼哀啼，在雨天里悲叫声声。

安史之乱开始后，战争逐渐蔓延到全国，加上唐末接连不断的农民起义，所以战事频发，人民生活苦不堪言。

泽国江山入战图，生民何计乐樵苏。

凭君莫话封侯事，一将功成万骨枯。

曹松《己亥岁二首·其一》

曹松说，举国江山都已经被绘入了战图，生灵涂炭，满目疮痍。樵为打柴，苏为割草，合为“生计”之意。百姓靠打柴割草都度日维艰，所谓“宁为太平犬，不为乱世人”说的便是这个道理。颠沛流离，家园离散，基本的生存和安全都出了问题，哪里还有什么活着的快乐可言？！看到人民生活如此艰难，曹松不免感叹，千万不要说什么封侯拜相的事情了，哪一个将军的荣誉不是死伤千万条生命换来的？唐代诗人刘商写过一首《行营即事》：“万姓厌干戈，三边尚未和。将军夸宝剑，功在杀人多。”表达的也是同样的道理。

曹松的这句“一将功成万骨枯”，鞭辟入里，言简意丰。以

“一将”对“万古”，以“成”对“枯”，将所有战争的实质深刻地揭露出来，堆堆白骨，血流成河，显得格外触目惊心。战争的豪言壮语，依稀还回荡在人们的耳畔：“匈奴未灭，何以家为！”但那些堆积如山的尸骨，那些望眼欲穿的思妇，都再也没办法迎来人间的团圆。

“君子于役，不知其期，曷至哉？”丧失了完整的家园，还能有什么人生的希望和幸福呢？

春闺苦，相逢只能在梦中

因旧时女子居住的内室被称为“深闺”“香闺”，所以就诞生了描写她们哀怨忧伤的“闺怨诗”和描写她们所思所爱的“闺情诗”。闺怨诗中，最著名的当数王昌龄的那首《闺怨》。

> 闺中少妇不知愁，春日凝妆上翠楼。
> 忽见陌头杨柳色，悔教夫婿觅封侯。
>
> 王昌龄《闺怨》

这首诗写得非常美。

一是有灵动的画面感。闺中少妇，从来不知忧愁是何物。在春光烂漫的日子里，涂脂抹粉，盛妆打扮，然后登楼远眺。虽然唐代礼教不算森严，但女子也不能随便出门，所以只能凭栏眺望。她看到了什么呢？忽然间，她看到路边新绿的杨柳，正随风摆动，扫荡着春日的思绪。少妇心中有些懊恼：真是后悔啊，如此大好春光，自己却只能独自欣赏，为什么要让丈夫去求觅封侯，从军远征呢！

二是有很强的故事性。简简单单四句诗，交代了时间、地点、环境、年龄、身份等因素，刻画了一位妙龄少妇，由起初"不知愁"登"翠楼"，到瞥见杨柳色，再到感叹寂寞春光无人陪伴的懊恼，完成了"思夫之情"的积蓄与触发。初读，令人感觉这闺怨转折稍快，但细细想来又觉得恰在情理之中。那丝丝愁绪与淡淡哀怨，就这样被淋漓尽致地刻画出来。

唐代闺怨诗描写的多是征妇的情感与生活。虽然主角相同，但由于切入的角度不同，这类诗作常常展现出多种不同的韵味。

打起黄莺儿，莫教枝上啼。
啼时惊妾梦，不得到辽西。

金昌绪《春怨》

诗人金昌绪这首诗写得活泼有趣，却也曲折精妙。诗的大意是：一个年轻的少妇起床后，云鬓偏垂，径直走到窗前，嗔怒地赶走了清晨中欢快啼叫的黄莺。她责怪鸟儿的叫声惊醒了她的美梦。因为在梦中，她正走在通往辽西的路上。

可想而知，这位少妇久已不见自己的丈夫，白天无法获得的情感满足，只能通过梦境来进行心理补偿。在梦中，她正走在去往辽西的路上，过往的相思与即将见到心上人的喜悦，凝结成巨大的幸福感。偏在此时，她被黄莺的叫声吵醒了。不知熬了多少个日夜，盼了多少回月圆，现实中不能相见的爱人，只能期待在梦中团圆。如今美梦破碎，连虚幻的幸福都无法齐全，所以少妇醒来嗔怒地赶走了这些无辜的鸟儿。

整首诗语言活泼，颇具民歌色彩。跟王昌龄的诗比起来，其特征更加鲜明。王昌龄的《闺怨》层层铺垫，每句诗都是一幅单独的画面，连起来形成一个完整的故事。而金昌绪的《春怨》环环相扣，先讲结果，再叙前因，颇有点解谜的色彩。不过，《春怨》虽将少妇性格刻画得较为活泼，但背后所蕴藏的怀念征人的寂寞与辛酸，同样引人深思。人生久别，不胜悲凉，能作欢快活泼语者少，而深怀忧虑惦念者多。

夫戍边关妾在吴，西风吹妾妾忧夫。

一行书信千行泪，寒到君边衣到无？

陈玉兰《寄夫》

唐代女诗人陈玉兰的《寄夫》描写的正是征妇的忧思。这首诗写作手法独特，内在感情强烈，对比中张力十足。丈夫去戍边了，妻子只能留在家中。西风吹来，寒意来袭，妻子首先想到的，是远在边关的丈夫。一行书信，千行热泪，纸短情长，诉不尽绵绵的情思，无尽的哀怨。随书信一同寄去的，还有妻子亲手做给丈夫的棉衣。可山高路远，战火纷飞，不知道丈夫什么时候才能穿上自己亲手缝制的御寒衣。寒气恐怕已吹到丈夫身边，不知道衣服是否已经寄到？在春闺中，遥远的边陲的一切都是未知的猜测。唯有记挂与叮咛，思念与泪水，夜以继日地陪伴征妇空度青春，苦熬岁月。

唐代诗人对征战的感情较为复杂。初唐时江山甫定，给诗人们带来开疆拓土、建功立业的自信与阔达。盛唐时的边塞诗，交织着雄浑、绚丽、苍凉、壮美的风景，以及战争的惨烈、异域的奇美等，所以呈现出多样化的诗歌风格。但中唐之后，“纵死犹闻侠骨香”的气魄日渐消散，几乎再难寻到。而留在边塞诗以及春闺诗中较多的，便是独守空房的寂寞，征人杳无音信造成的焦虑，无望的期盼与孤独。晚唐时期的闺怨诗，凄婉、缠绵、悲恸欲绝，可谓血泪交织。

誓扫匈奴不顾身，五千貂锦丧胡尘。

可怜无定河边骨，犹是春闺梦里人。

陈陶《陇西行》

陈陶的这首诗，开局气势磅礴，唐军将士决心扫平匈奴，他们奋不顾身，忠诚勇敢，誓死杀敌。不幸的是，五千锦衣貂裘的将士最终战死沙场。前两句无论内容还是语言，都写得慷慨悲壮，感人至深。

但第三句起，笔锋直接转向战争的残酷。可怜可叹呢，那些倒在无定河边的累累白骨，那些战死在沙场的精魂，依然是妻子春闺中深深思念的梦中人，是她们日思夜盼等待团聚的心上人。全诗从最初面对战争的昂扬姿态转到面对战争遗骸的哀恸，及至最后一句，少妇不知丈夫已不在人世，午夜梦回，几番相遇，互诉相思，醒后还在苦盼相聚，令人不胜唏嘘。

古人出门远征时，妻子多会在征人的衣服里绣上象征平安、吉祥的神兽或者花草。还有的女子专门去寺庙为丈夫求“平安符”。在她们心里，这样就可以保佑自己的丈夫早点破敌制胜，平安归来。而后，便是“春日凝妆上翠楼”的哀愁，是清晨梦醒“不得到辽西”的嗔怒，是“寒到君边衣到无”的无尽牵挂，直到最后，哪怕丈夫已战死沙场，毫不知情的“她”也依然在痴痴等待。

由此推之，又有多少苦盼儿子归家的父母，多少未曾涉世的孩童，都在空盼那些早已战死的征人。

多少家庭支离破碎，多少希望瞬间破灭。战争的残忍正在于此。

古人苦，历史从来多遗憾

以史为鉴，历来是人们的期待。“历览前贤国与家，成由勤俭破由奢。”（李商隐《咏史》）人们喜欢总结治乱兴衰的经验、朝代更迭的规律，以及其间异彩纷呈的生活：帝王将相的凶残，后宫佳丽的怨妒，安居乐业的理想，浪迹天涯的自由。后世将手中这面历史的铜镜，擦得光可鉴人，希望能映出前朝盛衰存亡的预言，提供可以预见的未来。

有趣的是，历史虽已是既定的事实，但人们对历史的反思却截然不同。比如唐人很喜欢追问的热门话题之一就是如何评判项羽兵败乌江后的去留问题。

兵散弓残挫虎威，单枪匹马突重围。

英雄去尽羞容在，看却江东不得归。

汪遵《乌江》

汪遵的这首诗号称是咏怀项羽作品中的“扛鼎之作”。第一句写项羽战败，第二句写项羽战败却不失英雄气概，第三句写项羽羞见江东父老，最后一句交代了项羽的结局。全诗悲剧氛围浓厚，满是对英雄末路的深切同情。持此论调的诗人为数不少。

争帝图王势已倾，八千兵散楚歌声。

乌江不是无船渡，耻向东吴再起兵。

胡曾《咏史诗·乌江》

这首诗先承认了项羽兵败的事实，交代四面楚歌的困境，继而描述了乌江岸边并不是无船渡江，而是项羽耻于向江东再借兵。

当年项羽败走垓下，乌江亭长劝项羽暂避一时，等待卷土重来的机会。项羽仰天长叹“天之亡我，我何渡为”，觉得苍天不庇佑他，且随他而来的八千江东子弟如今全军覆没，他不愿一人独活，更感愧对江东父老，于是他刎颈身亡。“宁为玉碎，不为瓦全”的观念由此深入人心。后世对项羽的评价，更是确定了其“英雄豪杰”的美誉和基调。连颠沛流离、多愁善感的女词人李清照都赞其“生当作人杰，死亦为鬼雄”。

但面对众口一词的称颂，杜牧却在《题乌江亭》中写下了自己迥然不同的观点。

胜败兵家事不期，包羞忍耻是男儿。

江东子弟多才俊，卷土重来未可知。

杜牧《题乌江亭》

在这首诗中，杜牧提出了一个“胜败乃兵家常事”的主题，并且认为能够“包羞忍耻”才是真正的男子汉。不仅如此，诗人还为自己的观点找了充足的论据。他说江东之地藏龙卧虎，人才济济，如果项羽能忍耐短暂的羞辱和失败，回到江东重振旗鼓，他日卷土重来必能成就一番霸业。言外之意，项羽刚愎自用才会错失良机，实在愧受“英雄”之名。韩信受辱胯下终成一代名将，司马迁惨受宫刑愤而著《史记》名传千古，而西楚霸王却死得这般草率，杜牧对此不胜唏嘘。

杜牧是晚唐时期著名诗人，诗作大致分为两类：一类软艳香浓，写走马章台醉生梦死的空虚，表达自己怀才不遇的愁苦与无奈；另一类雄姿英发，通过对历史人物与历史事件的点评，表达出面对人生应有百折不挠的积极态度，这首《题乌江亭》便属此类。杜牧写了一系列论史诗作。

折戟沉沙铁未销，自将磨洗认前朝。

东风不与周郎便，铜雀春深锁二乔。

杜牧《赤壁》

诗的大意是：折断的兵器埋在泥沙中，虽然日子过了这么久，仍然没有销蚀。拾起来后，经过反复仔细地磨洗，隐约可以认出，这是前朝赤壁大战时的遗物。于是，杜牧不禁感慨，假如当年东风不给周瑜以方便，那么东吴二乔早已被关进曹操的铜雀台了（大乔是孙策的夫人，小乔是周瑜的夫人，二人皆为东吴美女）。杜牧以二乔的命运来反思战争的结局，有对历史兴衰的感慨，也暗示了历史事件中蕴含的偶然性。

在杜牧看来，历史存在着极大的偶然性，就像诗里提到的“东风”。假如重新编排这场历史大戏，或者那天东风索性没来，那么历史可能就会被重新改写。

古代战争讲究“天时地利人和”，所以古人信奉“谋事在人，成事在天”。这也暗示了在历史的很多“必然规律”中，总是有偶然因素在起着重要的作用。因此，杜牧觉得项羽不该自刎，“留得青山在，不愁没柴烧”，兴衰成败常常是历史的一次偶然。

当然，杜牧站在既定的历史结局处，通过搜寻良机和主观推测来为历史翻案，并不能真的寻到可资借鉴的历史经验。毕竟，历史没有如果，只有结果。但从诗歌角度来说，杜牧的这类诗作，立意新颖，观点独特，能够去追问历史必然背后的偶然因素，实属不易。能于众声喧哗中发出自己的声音，更加难得。

多年以后，至和元年（1054 年）秋，北宋政治家王安石路过乌江亭，想起杜牧的诗，辗转徘徊，写下《叠题乌江亭》：

百战疲劳壮士哀，中原一败势难回。
江东子弟今虽在，肯与君王卷土来？

王安石《叠题乌江亭》

王安石站在政治家的角度，从人心向背谈战争成败。他说，上百次的战争令将士疲劳，军中士气低落，中原一战（指垓下之围）之后败势难以阻挡。即便江东子弟仍在，他们是否还愿意跟随楚霸王卷土重来呢？

如果说杜牧对项羽的翻案充满了诗人的浪漫想象，那么王安石对历史的裁定则充满了政治家的冷峻与深邃。不管后人如何评说，如何翻案，过去的历史都无法重演。所以不论结局如何，后人总能从不同角度看出历史的种种遗憾。

没有人能对未来了如指掌，人们只能不断擦拭历史的镜子，观古今得失，评历史成败，并借此寻到当下的出路。这也是咏史诗最宝贵的精神资源。

百姓苦，世间空余逃亡屋

中国古代的几个盛世王朝，几乎都有一个可资借鉴的成功经验，就是在建立初期采取了休养生息减免赋税的政策。因为农业的好坏直接影响着人们的衣食住行，没有丰富的物质基础，就不会有稳定的政局，更别说长久安定的统治了。而失败的教训也由此而来，当一个朝代气数将尽时，就会出现繁重的苛捐杂税，百姓们生活窘困，很多人不得不背井离乡，过着极为凄惨的生活。社会的动荡因子也由此滋生。唐代末年，随着盘剥不断加重，人们生活愈发困苦，寅吃卯粮的事屡见不鲜。唐代诗人以此为题，写下一首首同情百姓的泣血诗作。

二月卖新丝，五月粜新谷。

医得眼前疮，剜却心头肉。

我愿君王心，化作光明烛。

不照绮罗筵，只照逃亡屋。

聂夷中《伤田家》

按理说，春种秋收才是天经地义的事。但是在聂夷中所描述的晚唐时期，这种正常的生存需求显然已经得不到满足。二月份正是养蚕的季节，五月份正是插秧的时候，哪里有新丝、新谷拿出来卖呢？但是不卖又不行。苛捐杂税多如牛毛，只能将这些还未成熟的丝和没长成的谷作为抵押物提前出售。这种行为相当于“医得眼前疮，剜却心头肉”。为了医好眼前的烂疮，不得不挖下心头的好肉。烂疮未必致命，但挖心肯定会陷入绝境。悲哀的是，明知后果不堪想象，却无法制止这种惨状的蔓延。“挖肉补疮”因此成为这首泣血之作的“诗眼”。

谁都愿意悠闲地想着未来，但所有的发展都要以当下的生存为基本条件。在动荡的社会里，如何能够活下去，就是首要的问题。至于没有了新丝和新谷，来年的生活怎么办，都是暂时顾不到的事。所以，聂夷中不无悲痛地说：我希望得遇明君，他的心像烛火一样温暖、明亮，不照耀达官显贵们丰盛热闹的筵席，而只关心那些流离失所、多灾多难的人。

不仅聂夷中如此渴盼明君，唐末许多诗人都表达过这种希望。

垅上扶犁儿，手种腹长饥。
窗下投梭女，手织身无衣。
我愿燕赵姝，化为嫫母姿。
一笑不值钱，自然家国肥。

于濆《辛苦吟》

于濆说，垄上扶着犁耕地的男儿，天天种地应该吃得饱才对，可是却常常腹中无食，饥饿难耐。窗户下熟练织布的女子，至少应该穿得暖才对，可是却往往衣衫单薄，每每受冻。宋代张俞有《蚕妇》诗云："昨日入城市，归来泪满巾。遍身罗绮者，不是养蚕人。"那些穿着绫罗绸缎的，都不是养蚕的人。不同的朝代，指向的是同样的社会惨剧。真正锦衣玉食的人都不是躬耕梭织辛苦劳作之人。

不过，即便于濆将这一现象揭示得如此深刻，在他的诗中，仍然表达了对上层社会的希望。他说，希望以后燕赵之地的美女，都变得和嫫母一样丑，这样的话，就不至于"美人一笑值千金”，也不会有“一骑红尘妃子笑”，国家自然就会慢慢地好起来。

诗中的嫫母乃是黄帝的一位妻子，位列“中国四大丑女”之首。但是她德行俱佳，智慧无比，不但辅佐黄帝治理天下，还帮助黄帝打败了炎帝，消灭了蚩尤。更有传说，《黄帝内经》也是出自她手。总之，在诗人眼里，嫫母是德才兼备能够母仪天下的好女人。于濆用这一比喻来传达希望，其实并没有跳出“红颜祸水”的思维定式。他对女人美丑德行的判断，也源于对圣贤君王的渴望。在古人的意识中，所谓有道明君，不但要“亲贤臣，远小人”，还应该远离美女的诱惑。唯其如此，才能保持纯正的价值判断，不为“妖言”所惑。

无论是聂夷中还是于濆都对贤德明君寄予深切的期望。因为在封建君主制高度发达的时代，天子是国家的最高统帅，是受命于天的存在。若有幸遇到明君，能够多为百姓谋福祉，对古人来说，就是最大的幸福了。就像杜甫虽然批判社会，说“纨绔不饿死，儒冠多误身”，但他期待的同样是“致君尧舜上，再使风俗淳”。所以古代很多知识分子渴望有贤德的君王出现，希望君王不要贪恋美色，能够起用贤臣，尽心竭力地治理天下。他们表面忠的是“君”，实际上忠的是“民”。

对于一国之君来说，国家大事的确是百年基业。但治乱兴衰本就不是一朝一夕之事，经过先皇们一代代的建设或破坏，最终的结局早已成为定数。比如唐宪宗也曾励精图治，后世甚至将他治理的那段历史称为“元和中兴”，但即便如此，盛唐曾经的气象也已无法重现。偶尔出现的明君作为，不过是回光返照时的疯狂挣扎。残阳如血，气数将尽，这些诗人的期盼，说到底不过是一场无谓的空想。

但诗人们对社会的抨击与对百姓的同情从未停止：

春种一粒粟，秋收万颗子。
四海无闲田，农夫犹饿死。

李绅《悯农》

春种秋收，四海没有空闲的土地，但是农夫到最后还是饿死了。

不论平地与山尖，无限风光尽被占。
采得百花成蜜后，为谁辛苦为谁甜？

罗隐《蜂》

辛苦劳作的人们犹如辛勤的蜜蜂，采花酿蜜，自己却吃不到一口甘甜。

诗人们痛斥社会不公的这些诗篇，深刻揭露了社会弊病。这些“黑暗”未必会发生在诗人们的身上，但他们目睹了百姓的凄苦，心如刀割，便要将此记录下来。诗人的敏感让他们对苦难怀有深刻的同情。他们悲天悯人，是幽暗时代里永不熄灭的精神火种，他们的作品也因此成为万古流芳的传世佳作，成为彪炳千秋的思想之光。

尘世昏暗，人生凄苦，唯有诗歌的种子，带着对苦难永恒的悲悯，带着对生命最深的热爱与同情，历千万劫，破土而出，传唱至今。而这，正是唐诗留给后人宝贵的精神财富。

落幕

图书在版编目（CIP）数据

花开时节：《最风流　醉唐诗》/ 李会诗著. —增订本. — 北京：中国人民大学出版社，2019.9

ISBN 978-7-300-27383-9

Ⅰ. ①花…　Ⅱ. ①李…　Ⅲ. ①唐诗-诗歌欣赏　Ⅳ. ①I207.227.42

中国版本图书馆CIP数据核字（2019）第186729号

花开时节

《最风流　醉唐诗》全新增订本

李会诗　著

Hua Kai Shijie

出版发行	中国人民大学出版社		
社　　址	北京中关村大街31号	邮政编码	100080
电　　话	010-62511242（总编室）		010-62511770（质管部）
	010-82501766（邮购部）		010-62514148（门市部）
	010-62515195（发行公司）		010-62515275（盗版举报）
网　　址	http://www.crup.com.cn		
经　　销	新华书店		
印　　刷	北京昌联印刷有限公司		
规　　格	148mm×210mm　32 开本	版　　次	2019 年 9 月第 1 版
印　　张	8 插页 2	印　　次	2019 年 9 月第 1 次印刷
字　　数	137 000	定　　价	38.00元